転換期を読む28

蒲原有明詩抄

蒲原有明◆著
郷原宏◆解説

未來社

蒲原有明詩抄◆目次

春鳥集より 63

獨絃哀歌より　121

蒲原有明詩抄

装幀——伊勢功治

凡例（刊行にあたって）

一、本集は、蒲原有明自身の編集による昭和三年（一九二八年）発行の岩波文庫版『有明詩抄』の作品選択に依拠している。なお、詩集は刊行の新しい順から並べられているが、最後の「有明集以後」はこの限りでない。この版を編集するにあたって岩波書店の理解ある了承を得たことを感謝したい。

二、周知のように、蒲原有明は生前、作品の改竄が多く、作品タイトルも変更されることもしばしばであり、その結果はどちらかと言えば、改悪につながるケースが目立ち、優れた作品も改竄によって台なしになってしまうことが問題とされている。

三、したがって、本集では、有明自身の作品選択は貴重なものであるのでこれを踏襲し、作品本体の部分はすべて詩集初出のものを採用している。また岩波文庫版の有明による「自序」と巻末の訳詩は割愛した。

四、本集の意図はあくまでも蒲原有明という大詩人の作品を再評価し、多くの読者に読みやすいかたちで提供することにある。

五、作品タイトルの異同は次頁に一覧表として掲示した。作品の細かい改竄については岩波文庫版と照合してもらうのが一番であり、本集ではそこまでは追尋していない。

未來社編集部

●作品タイトル異同一覧（変更のあるもののみ）

有明詩抄版	詩集収録のさいの原題
（有明集より）	
浮漚	底の底
煩悩	われ迷ふ
見おこせたまへ	蠱の露
異想	晝のおもひ
（春鳥集より）	
歸港	みなといり
乞丐	わがおもひ
瑞香	沈丁花
黄昏	たそがれどき
公孫樹	銀杏樹
甕	これに充てむ
不浄	沙門「不浄」
愛のつとめ	樂しや、さあれ
海の幸	海のさち
誘惑	夏がは
夏祭	夏まつり
（獨絃哀歌より）	
憂愁	紫蘇
流眄	星眸
萬法流轉	靜かに今見よ
畑のつとめ	聖菜園
優曇華	君も過ぎぬ
頼るは愛よ	頼るは愛よ――二
無信	あだならまし
好機	よきしほ
（草わかばより）	
樹蔭	樹蔭
からたち	枳殻
野路は戀路にあらねども	青野花草
君や我や	君やわれや
菱の實採るは誰家の子	菱の實採るは誰が子ぞや
（有明集以後）	
或る日の印象	或る蒸暑き日の感覺的効果
旅中漫興	旅
有田皿山にて	呉須のにほひ
甲府盆地を眺めて	印象
渇望	生命の香
凶徴	滅のうつろ
幻覺	黒き鸞
古塔	古きかなしみ
印象	雨もよひ
神ほぎ	山の手の晩秋
破滅	破滅――衰頽的夜景
夜曲	夜曲――大川端にて
狂想	狂想――都會の印象
鱗雲	恐ろしいちから
出現	出現の歌

有明集より

夏の歌

薄ぐもる夏の日なかは
愛欲の念《おもひ》にうるみ
底もゆるをみなの眼《め》ざし、
むかひゐてこころぞ悩む。

何事の起るともなく、
何ものかひそめるけはひ、
執《しふ》ふかきちからは、やをら、
重き世をまろがし移す。

窓の外《と》につづく草土手、
きりぎりす氣まぐれに鳴き、

それも今、はたと聲絶え、
薄ぐもる日は蒸し淀む。

ややありて茅《かや》が根を疾《と》く
青蜥蜴《あをとかげ》走りすがへば、
ほろほろに乾ける土は
ひとしきり崖をすべりぬ。

なまぐさきにほひは、池の
上《うは》ぬるむ面《おも》よりわたり、
山梔《くちなし》の花は墜《お》ちたり、——
朽ちてゆく「時」のなきがら。

何事の起るともなく、
何ものかひそめるけはひ、
眼《ま》のあたり融けてこそゆけ
夏の雲、——空は汗ばむ。

滅の香

やはらかき寂《さ》びに輝く
壁の面《おも》、わが追憶《おもひで》の
靈《たま》の宮、榮《はえ》に飽きたる
箔《はく》おきも褪《あ》せてはここに
金粉《きんぷん》の塵《ちり》に音なき
滅《めつ》の香《か》や、執《しふ》のにほひや、
幾代々《いくよよ》は影とうすれて
去《い》にし日の吐息かすけく、
すずろかに燻《く》ゆる命の
夢のみぞ永劫《とは》に往《ゆ》き來《か》ひ、
ささやきぬ、はた嘆かひぬ。
あやしうも光に沈む

わが胸のこの壁の面《おも》、
悩ましく鈍《ね》びては見ゆれ、
倦《うん》じたる影の深みを
幻は浮びぞ迷ふ、——
つややかに、今、緑青《ろくしやう》の
牧《まき》の氈《かも》、また紺瑠璃《こんるり》の
彩《あや》も濃き花の甘寝《うまい》よ、

更にわが思ひのたくみ、
われとわが宿世《すぐせ》をしのぶ
酔《ゑひ》ごこち、痴《し》れのまどひか、
眼《ま》のあたり牲《にへ》の仔羊《こひつじ》、
朱《あけ》の斑《ふ》の痛《いたみ》と、はたや

愛欲の甘き疲れの
紫の汚染《しみ》とまじらふ
業《ごふ》のかげ、輪廻《りんね》の千歳《ちとせ》、
束の間に過《す》がひて消ゆれ、
幾たびか憧《あく》がれかはる緑
肉村《ししむら》の懺悔《ざんげ》の夢に

朽ち入るは梵音《ぼんおん》どよむ
西天《さいてん》の涅槃《ねはん》の教――
埋《うづも》れしわが追憶《おもひで》や。
わづらへる胸のうつろを
煩悩《ぼんなう》の色こそ通へ、
物なべて化現《けげん》のしるし、
默《もく》の華、寂《じやく》の妙香《めうかう》、
さながらに痕もとどめぬ
空相《くうさう》の摩尼《まに》のまぼろし。

浮漚

底の底、夢のふかみを
あざれたる泥《ひぢ》の香《か》孕《はら》み、
わが思《おもひ》ふとこそ浮べ。

浮漚《うきなわ》のおもひは夢の
大淀《おほよど》のおもてにむすび、
ゆららかにゑがく渦の輪。

滯《とどこほ》る銹《さび》の緑に
濃き夢はとろろぎわたり、
呼息《いき》づまるあたりのけはひ。

涯もなく、限も知らぬ
しづけさや、――聲さへ朽ちぬ、
あなや、この物うきおそれ。

浮漚《うきなわ》はめぐりめぐりぬ、
大淀のおもてに鈍《ね》びて
たゆまるる渦の輪のかげ。

物うげの夢の深みに

魂の失《う》せゆくひまを、
浮漚《うきなわ》のおもひは破《や》れぬ。

朽ちにたる聲張りあげて
わがおもひ叫ぶとすれど、
空し、ただあざれしにほひ。

涯《はて》もなきこの靜けさや、
めくるめくおそはれごこち、
涯もなき夢のとろろぎ。

大鋸

大鋸《おが》をひくひびきはゆるく
ひとすぢに呟やくがごと、

しかはあれ、またねぶたげに。

いや蒸しに夏のゆふべは、
風の呼息《いき》暑さの淀を
練りかへすたゆらの浪や。

河岸《かし》にたつ材小屋《きごや》のうちら、
大鋸《おが》をひく鈍きひびきは
疲れぬる惱みの齒がみ。

うら、おもて、材小屋《きごや》の戸口、——
生《なま》あをき水の香《か》と、はた
あからめる埃のにほひ。

幅びろの大鋸《おが》はうごきぬ、
鈍き音、——あやし獸《けもの》の
なきがらを沙《いさご》に摩《す》るか。

はらはらと血のしたたりの
おがの屑あたりに散れば、
材《き》の香《か》こそ深くもかをれ。

大鋸《おが》はまたゆるく動きぬ、
夕雲の照りかへしにぞ
小屋ぬちはしばし燃えたる。

大鋸《おが》ひきや、こむら、ひかがみ、
肩の肉《しし》、腕《かひな》の筋と、
まへうしろ、のび、ふくだみて、

素膚《すはだ》みな汗に浸《ひた》れる
このをりよ、材《き》の香《か》のかげに
われは聴く、蝮《はみ》のにほひを。

夜《よる》の闇這ひ寄るがまま、
大鋸《おが》ひきは大鋸をたたきて、

たはけたる歌の濁《だみ》ごゑ。

沙は焼けぬ

沙《いさご》は燬《や》けぬ、蹠《あなうら》のやや痛きかな、
渚《なぎさ》べの慣れし巖《いは》かげに身を避《よ》けて、
磯草の斑《ふ》に敷皮の黄金《こがね》をおもひ、
いざここに限りなき世の夢を見む。

藍《あゐ》や海原《うなばら》、白銀《しろがね》や風のかがやき、——
眼路《めぢ》の涯絶えて翳《かげ》らふもののもなく、
ひろき潮に浮び來て帆ぞ照りわたる
遠《をち》の船、さながら幸《さち》の盞《さかづき》と。

なべての人も我もまた絶えず愁へて

渚べを美《うま》し醉《ゑひ》ならぬ癡《し》れ惑ひ、
どよもし返す浪の音、海の胸なる
言《こと》の葉《は》に暗き思ひを溺《おぼ》らしぬ。

今日や夢みむ、幽玄《いうげん》の象《すがた》をしばし、
心《うら》やすし、愁ひは私《ひそか》に這ひ出でて、
海知らぬ國、荒山《あらやま》の彼方《かなた》の森に、
人住まぬ眞《ま》洞《ほら》覓《もと》めて行きぬらむ。

さもあらばあれ如何《いかが》せむ、心しらへの
益《やく》なさを嘲《あざ》み顔なる薫習《くんじふ》や、
劫初《ごふしよ》の朝の森の香《か》はなほも殘りて
染《し》みぬらし、わが素膚《すはだ》なる肉《ししむら》に。

更にたどれば神の苑《その》、噫《ああ》そこにしも
晶玉《しやうぎよく》は活きていみじく歌ひけめ、
木《こ》の葉囁《ささや》き苔薫《くん》じ、われも和毛《にこげ》の
おん惠み、深き日影に臥《こや》しけめ。

なべては壞《くづ》れ亂されき、人と生れて、
爭ひて、海の邊《ほとり》に下り來ぬ、
なべては破《や》れし榮《はえ》の屑、(顧みなせそ)
人は皆ここに劃《かぎ》られ、あくがれぬ。

大和田《おほわだ》の原、天の原、二重《ふたへ》の帷《とばり》
徒《いたづ》らにこの彩《あや》もなき世をつつみ、
風の光の白銀《しろがね》に、潮の藍に、
永劫《えいごふ》は經緯《たてぬき》にこそ織られたれ。——

幽玄《いうげん》の夢さもあらめ、待つに甲斐なき
現《うつ》し世に救ひの船は通ひ來ず、
(帆は照せども)、身は疲れ、崩れ崩るる
浪頭《なみがしら》、蠱《まじ》の羽とぞ黐る。

　虛《うつろ》の靈《たま》は涯知らぬ淵に浮びて、
身はあはれ響動《どよも》す海の渚べに、——

またも此時わが愁、森を出でたる
獣《けもの》かと跫音《あしおと》忍びかへり來ぬ。

秋のこころ

黄《きば》みゆく木草《きぐさ》の薫り淡々《あはあは》と
野の原に、將《は》た水《みづ》の面《も》にただよひわたる
秋の日は、清げの尼のおこなひや、
懺悔の壇《だん》の香《かう》の爐《ろ》に信《しん》の心の
香木《かうぼく》の髓《ずゐ》の膏《あぶら》を炷《た》き燻《く》ゆし、
きらびやかなる打敷《うちしき》は夢の解衣《ときぎ》、
過ぎし日の被衣《かつぎ》の遺物《かたみ》、――靜やかに
垂れて音なき繡《ぬひ》の花、また襞《ひだ》ごとに、
ときめきし胸の名殘《なごり》の波のかげ、
搖めきぬとぞ見るひまを聲は直泣《ひたな》く――

看經《かんぎん》の、噫《ああ》、秋の聲、歡樂と
悔《くい》と念珠《ねんじゆ》と幻と、いづれをわかず、
ひとつらに長き恨《うらみ》の節細く、
雲の翳《かげり》にあともなく滅《き》えてはゆけど、
窮《きは》みなき輪廻《りんね》の業《ごふ》のわづらひは
落葉の下《もと》に、草の根に、潜みも入るや、——
その夕《ゆふべ》、愁の雨は梵行《ぼんぎやう》の
亂れを痛みさめざめと繁《しじ》にそそぎぬ。

大河

ゆるやかにただ事もなく流れゆく
大河《たいが》の水の薄濁り——邃《ふか》き思ひを
夢みつつ塵《ちり》に同《どう》じて惑《まど》はざる
智識のすがたこれなめり、鈍《おぞ》しや、われら

面澁《おもしぶ》る啞《おし》の羊《ひつじ》の輩《ともがら》は
堤の上をとみかうみわづらひ歩《あり》く。
しかすがに聲なき聲の力《ちから》足《た》り、
眞晝かがよふ法《のり》を布《し》く流を見れば、
經藏《きやうざう》の螺鈿《らでん》の函《はこ》の蓋《ふた》をとり、
悲願《ひぐわん》の手もて智慧《ちゑ》の日の影にひもどく
巻々《まきまき》の祕密の文字の飜《こぼ》れ散る、——
げに晴れ渡る空の下《もと》、河の面《おもて》の
紺青《こんじやう》に黄金《こがね》の光燦《きら》めくよ、
かかる折こそ汚《けが》れたる身も世も薫《かを》れ、
時さらず、癡《し》れがましさや、醜草《しこぐさ》の
毒になやみて眩《めくるめ》き、あさり食《は》みぬる
貪《むさぼり》の心を悔いてうち喘《あへ》ぎ、
深くも吸へる河水《かはみづ》の柔かきかな、
母《おも》の乳《ちち》、甘くふくめる悲みは
醉《ゑひ》のここちにいつとなく沁《し》み入りにけり。
源《みなもと》は遠き苦行《くぎやう》の山を出で、
平等海《びやうどうかい》にそそぎゆく久遠《くをん》の姿、

たゆみなく、音なく移る流《ながれ》には
解けては結ぶ無我《むが》の渦、思議《しぎ》の外《ほか》なる
深海《ふかうみ》の眞珠をさぐる船の帆ぞ
今照りわたる、——智《さとり》なき身にもひらくる
心眼《しんがん》の華《はな》のしまらくかがやきて、
さてこそ沈め、静かなる大河《たいが》の胸に。

おもひで

（妻をさきだてし人のもとに）

「おもひで」よ、浄《きよ》き油を汝《な》が手なる
火盞《ほざら》に注ぎ捧げもち、浄き焔の
あがる時、噫《ああ》、亡き人の面影を
夫《せ》の君のため、母を呼ぶ愛《めぐ》し兒《ご》のため、
ありし世のにほひをひきて照らし出で、
かへらぬ魂《たま》をいとどしく悼《いた》める窓の

小暗《をぐら》さに慰め人と添へかしな、
慈眼《じげん》の主《ぬし》はこれをこそ稱《たた》へもすらめ。
「おもひで」よ、なほ隈《くま》もなく、汝《な》が胸の
こころの奥所《おくが》ひらくべき黄金《こがね》の鍵を、
悲みにとこしへ朽ちぬしるしありと、
音も爽《さや》かにかがやかに捧げまつりね。

淨妙華

夜《よ》も日もわかず一室《いつしつ》は、げに畏《おそろ》しき電働機《モオトル》の
聲の唸りの噴泉《ふんせん》よ、越歴幾《エレキ》の森の木深《こぶ》けさや、
うちに靈獸潜《ひそ》みゐて青き炎《ほのほ》を牙《き》に齒《か》めば、
ここに「不思議」の色身《しきしん》は夢幻の衣《きぬ》を擲《なげう》ちぬ。
かの底知れぬ海淵《かいえん》も、この現實の祕密には

深きを比べ難からむ、彼は眠《ねぶ》りて寝《ね》おびれて、
唯惡相の魚《うを》にのみ暗き心を悸《をのの》かし、
これは調和の核心《かくしん》に萬法《ばんぱふ》の根を誘ふなる。

舊きは廢《すた》れ街衢《まちちまた》、また新しく榮ゆべき
花の都の片《かた》成《な》りに成りも果てざる土の塊《くれ》、
塵に塗《まみ》るる草原の、その眞中《ただなか》に畏《おそろ》しき
大《だい》電働機《モオトル》の響こそ日も夜もわかね、絶間なく。

船より揚げし花崗石河岸《くわかうせきかし》の沙《いさご》に堆《うづたか》し、
いづれ大厦《たいか》の礎《いしずゑ》や、彼方《かなた》を見れば斷え續く
煉瓦《れんぐわ》の穹窿《アアチ》。人はこの紛雜《ふんざつ》の裡《うち》に埋れて
(願はあれど名はあらず)、力と技《わざ》に勵みたり。

嗚呼《ああ》、想界《さうかい》に新《あらた》なる生《いのち》を享《う》くる人もまた
胸に轟く心王《しんわう》の烈しき聲にむちうたれ、
築き上ぐべき柱には奇《く》しき望の實相を
深く刻みて、譽《ほまれ》なき汗に額をうるほさむ。

さあれ車の鐵の輪《りん》、軸に黄金《こがね》のさし油
注げば空を疾《と》く截《き》りて大音震ふ電動機《モオトル》や、
その勢の渦巻の奥所《おくが》に聽けよ靜寂を、——
活ける響の瑠璃《るり》の石、これや「眞《まこと》」の金剛座《こんがうざ》。

奇《く》しくもあるかな、蠟石《らふせき》の壁に這ひゆく導線《だうせん》は
越歴幾《エレキ》の脈の幾螺旋《いくらせん》、新《あらた》なる代に新なる
生命《いのち》傳ふる原動の、その力こそ淨妙華《じやうめうげ》、
法音《ほふおん》開く光明の香《にほひ》ぞ人に逼《せま》り來る。

不安

人は今地に俯してためらひゆけり、
疎《うと》ましや、頸垂《うなだ》るる影を、軟風《なよかぜ》

掻撫《かいな》づるひと吹《ふき》に、桑の葉おもふ
蠶《かひこ》かと、人は皆頭《かうべ》もたげぬ。

何處《いづこ》より風は落つ、身も戰《をのの》かれ、
我しらず面《おも》かへし空を仰げば、
常に飢ゑ、饜《あ》きがたき心の惱み、
物の慾、重たげにひきまとひぬる。

地は荒れて、見よ、ここに「饑饉《ききん》」の足穗《たりほ》、
うつぶせる「人」を誰《た》が利鎌《とがま》の富と
世の秋に刈り入るる、噫《ああ》、さもあれや、
畏《おそ》るるはそれならで天《あめ》のおとづれ。

たまさかに仰ぎ見る空の光の
樂《がく》の海、浮ぶ日の影のまばゆさ、
戰《をのの》ける身はかくて信《しん》なき瞳
射ぬかれて、更にまた憧《あくが》れまどふ。

何處《いづこ》へか吹きわたり去《い》にける風ぞ、
人は皆いぶせくも面《おもて》を伏せて、
盲《めし》ひたる魚《うを》かとぞ喘《あへ》げる中を
安からぬわが思《おもひ》、思を食《は》みぬ。

失ひし翼をば何處《いづく》に得べき、
あくがるる甲斐もなきこの世のさだめ、
わが靈《たま》は痛ましき夢になぐさむ、
わが靈は、あな、朽つる肉《ししむら》の香《か》に。

絶望

現《うつつ》こそ白《しら》けたれ、香油《にほひあぶら》の
艶も失《う》せ、物なべて呆《ほほ》けて立てば、
夢映すわが心、鏡に似てし

性《さが》さへも、痴《うつ》けたる空虚《うつろ》に病みぬ。

在るがまま、便《たづ》きなき、在るを忍びて、
文《あや》もなし、曲もなし、唯あらはなり、
臥房《ふしど》なき人の生《よ》や裸形《らぎやう》の「痛み」、
さあれ身に悩みなし、涙も涸《か》れて。

追想《おもひで》よ、ここにして追想ならじ、
燈火《ともしび》の滅《き》えにたる過去の火盞《ほざら》と
煤《すす》びたり、そのかみの物はかなさを、
悦びを、などかまた照らし出づべき。

眼《ま》のあたり侘しげの徑《こみち》の壞《くづ》れ、
悲みの雨《あま》そそぎ洗ひさらして、
土の膚《はだ》すさめるを、まひろき空は、
さりげなき無情《つれな》さに晴れ渡りぬる。
狼尾草《ちからしば》ここかしこ、光射かへす。

貝の殻、陶《すゑ》ものの小《を》瓶《がめ》の砕け——
あるは藍、あるは丹《に》に描ける花の
幾片《いくひら》は、朽ちもせで、路のほとりに。

靈《たま》燻《く》ゆる海の色、宴《うたげ》のゐまひ、
皆ここに空《あだ》の名や、噫、望なし、
匂ひなし、この現《うつつ》われを囚《とら》へて、
日は檻《をり》の外よりぞ酷《むご》くも臨む。

癡夢

陰濕《いんしつ》の「嘆《なげき》」の窓をしも、かく
うち塞《ふさ》ぎ眞白にひたと塗り籠《こ》め、
そが上に垂れぬる氈《かも》の紋織《あやおり》、——
朱碧《あけみどり》まじらひ匂ふ眩《まば》ゆさ。

これを見る見惚《みほ》けに心惑《まど》ひて、
誰を、噫《ああ》、請《しやう》ずる一室《ひとま》なるらむ、
われとわが願《ねがひ》を、望を、さては
客人《まらうど》を思ひも出でず、この宵。

唯念《ただねん》ず、しづかにはた圓《まど》やかに
白蠟《びやくらふ》を黄金《こがね》の臺に點《とも》して、
その焰《ほのほ》いく重の輪をしめぐらし
燃えすわる夜すがら、われは寝《い》ねじと。

徒然《つれづれ》の慰《なぐ》さに愛の一曲《ひとふし》
奏《かな》でむとためらふ思ひのひまを、
忍び寄る影あり、誰《た》そや、——畏怖《おそれ》に
わが脈の漏刻《ろうこく》くだちゆくなり。

長き夜を盲《めしひ》の「嘆《なげき》」かすかに
今もなほ花文《けもん》の氈《かも》をゆすりて、

呼息《いき》づかひ喘《あへ》げば盛りし燭《しよく》の
火影《ほかげ》さへ、益《やく》なや、しめり靡《なび》きぬ。

癡《し》れにたる夢なり、こころづくしの
この一室《ひとま》、あだなる「悔《くい》」の蝙蝠《かはほり》
氣疎《けうと》げにはためく羽音《はおと》をりをり
音なふや、噫《ああ》などおびゆる魂《たま》ぞ。

坂　路

喘《あへ》ぎて上《のぼ》るなだら坂――わが世の坂の中路《なかみち》や、
並樹の落葉熱き日に燒けて乾きて、時ならで
痛み衰へ、たゆらかに梢離れて散り敷きぬ。
落葉を見れば、片焦《かたこ》げて鏽《さ》び赤らめるその面《おもて》、

端《はし》に殘れる緑にも蟲づき病める瘡《きず》の痕《あと》、
黑斑《くろふ》歪《ひず》みて慘《いた》ましく鮮明《あざやか》にこそ捺《お》されたれ。

また折々は風の呼息《いき》、吹くとしもなく辻卷《つじま》きて、
燒け爛《ただ》れたる路の砂、惱《なやみ》の骸《から》の葉とともに、
燃ゆる死滅の灰を揚ぐ、噫《ああ》、わりなげの悲苦《ひく》の遊戲《ゆげ》。

一群《ひとむら》毎に埃がち憩《いこ》ふに堪へぬ惡草《あくさう》は
渴《かわき》をとめぬ鹽海《しほうみ》の水にも似たり。ひとむきに
心焦《い》られて上《のぼ》りゆく路はなだらに盡きもせず。

夢の萎《しな》への逸樂《いつらく》は、今、貴人《あてびと》の車にぞ
搖られながらに眠《ねぶ》りゆく、その車なる紋章は
倦《うん》じ眩《くる》めくわが眼《め》にも由緒《よし》ありげなる謎の花。

身も魂も頽《くづ》をれぬ、いでこのままに常闇《とこやみ》の
餌食《ゑじき》とならばなかなかに心安かるこの日かな、
惱盡きせぬなだら坂、路こそあらめ涯《はて》もなし。

苦惱

傳へ聞く彼《か》の切支丹《キリシタン》、古《いにしへ》の惱《なやみ》もかくや――
影深き胸の黃昏《たそがれ》、密室《みつしつ》の戶は鎖《さ》しもせめ、
戰《をのの》ける想《おもひ》の奧に「我」ありて伏して沈めば、
魂《たましひ》は光うすれて塵と灰「心」を塞《ふさ》ぐ。

懼《おそろ》しき「疑《うたがひ》」は、噫《ああ》、自《みづから》の身にこそ宿れ、
他《あだ》し人責めも來なくに空しかる影の戲《たは》わざ、
こは何ぞ、「畏怖《ゐふ》」の黨《ともがら》群《む》れ寄せて我を圍むか。
脅《おびやか》す假裝《かりよそほ》ひに松明《たいまつ》の焰《ほのほ》つづきぬ。

聖麻利亞《サンタマリヤ》、かくも弱《よわ》かる罪人《つみびと》に信《しん》の潮《うしほ》の
甦《よみがへ》り、かつめぐり來て、「肉《ししむら》」の渚《なぎさ》にあふれ、

俯伏《うつぶせ》に干潟《ひがた》をわぶる貝の葉の空虚《うつろ》の我も
敷浪《しきなみ》の法喜《ほふき》傳へて御惠《みめぐみ》に何日かは遇《あ》はむ。

さもあれや、わが「性欲《せいよく》」の里正《むらをさ》は窺《うかが》ひ寄りて、
禁制《きんぜい》の外法《げほふ》の者と執《しふ》ねくも罵《ののし》り逼《せま》り、
ひた強《し》ひに蹈繪《ふみゑ》の型を蹈《ふ》めよとぞ、あな淺ましや、
我ならで叫びぬ、『神よ此身をば磔《き》にも架《か》けね』と。

硫黄《いわう》沸《わ》く煙《けぶり》に咽び、われとわが座より轉《まろ》びて、
火の山の地獄の谷をさながらの苦惱に疲れ、
死《う》せて又生くと思ひぬ、——夢なりき、夜《よる》の神壇、
蠟の火を點《とも》して念ず、假名文《かなぶみ》の御經《みきやう》の祕密。

待たるるは高き洩るる啓示《みさとし》の聲の耀《かがや》き、——
信《しん》のみぞ其證人《そのあかしびと》、罪深き內心ながら
われは待つ、天主の姫が讃頌《さんしよう》の聲朗かに、
事果《はて》て、『汝《なれ》を恕《ゆる》す』と宣《のたま》はむその一言《ひとこと》を。

煩悩

迷ひぬ、ふかき「にるばな」に、
たわやの髪は身を捲きぬ、
たゆげの夜《よる》を煩悩《ぼんなう》は
狎《な》れてむつみぬ、「にるばな」に。

壁にゑがける執《しふ》の花——
閨《ねや》の一室《ひとま》の濃きにほひ、
奇《く》しき花びら、花しべに、
火影《ほかげ》も、嫉《ねた》し、たはれたる。

夢の私語《ささやき》、たわやげる
瑪瑙《めなう》の甘寝《うまい》、「にるばな」よ、

艶も貴《あて》なる敷皮に
嫋《なよ》びしなゆるあえかさや。

愛欲の蔓《つる》まつはれる
窓の夜あけを梵音《ぼんおん》に
祕密の鸚鵡《あうむ》警《いまし》めぬ、――
ああ「にるばな」よ、曉《あけ》の星。

鏡は曇る、薫香《くんかう》に
まじる一室《ひとま》の呼息《いき》ごもり、
鏡は晴れぬ、影と影、
覺めし素膚《すはだ》にわれ迷ふ。

穎割葉

日は嘆きわぶ、人知れず、
日は荒れはてし花園に、——
花の幻、陽炎《かぎろひ》や、
あをじろみたる昨《きそ》のかげ。

日は直泣《ひたな》きぬ、花園に、——
種子《たね》のみだれの穎割葉《かひわれば》、
またいとほしむ、何草《なにぐさ》の
かたみともなき穎割葉。

廢れ荒《すさ》みしただなかに
生《お》ひたつ歌のうすみどり、

ああ、穎割葉《かひわれば》、百《もも》の種子
ひとつにまじる香《か》の雫。
斑葉《いさは》の蔓に罌粟《けし》の花、
酔《ゑひ》のしびれの 盞《さかづき》を
われから賞《め》でむ忍冬《すひかづら》——
種子のみだれを、日は嘆く。

草びら

向日葵《ひぐるま》の蘂《ずゐ》の粉の黄金《こがね》にまみれ、
　あな、夕まぐれ、
朽ちはつる草びらや、
草びらは唯わびしらに。

この夕、雲明《あか》き空には夏の
　あな、榮《はえ》もあれ、
薄ぐらき物かげを
草びらは終りの寝所《ふしど》。

誓願《せいぐわん》は向日葵《ひぐるま》に——菩提《ぼだい》の東、
　あな、涅槃《ねはん》の西、
宿縁《しゆくえん》は草びらに、
草びらは靜かに默《もだ》す。

向日葵は蘂の粉の黃金の雨の
　あな、涙もて
朽ちはてて壞《くづ》れゆく
草びらの胸を掩ひぬ。

晩秋

ささやきて去《い》にける影や、
盞《さかづき》にしたみし酒は
(飲みさしぬ)、あはれ惱まし、
澁《しぶ》りたる愁《うれひ》に濁る。

ささやきて去《い》にける影や、
おとづれも今はた絶えぬ、
ほど過ぎて風もあらぬに
ひえびえと膚《はだへ》粟《あは》だつ。

うらがれの園にしとれる
石づくゑ、琢《みが》ける面《おも》の

薄鈍《うすにば》み曇るわびしさ、――
「歡樂《よろこび》」は待てどかへらず。

雲は、見よ、空のわづらひ、
吹き棄つる命のかたみ――
「悲《かなしみ》」の螺《かひ》かとばかり
晝の月、痕《あと》こそ痛め。

かくてまた薄らぎ弱る
日のひそみ、風のおとろへ、
黄に默《もだ》す公孫樹《いてふ》の、はたや
灰ばめる楊《やなぎ》の落葉。

一叢《ひとむら》の薔薇《さうび》は、かしこ、
凋《しぼ》みゆく花の褪色《あせいろ》、
くづをるる埋れこころぞ
土の香《か》の寂《さび》れは咽ぶ。

空だのめ、何をかは待つ、——
いつしかに日和《ひより》かはりて
雨もよひ、やや蒸しぬれば、
秋は今ふとき呼息《いき》しぬ。

わりなくも聲になやめる
盞《さかづき》の玻璃《はり》の嘆きと
うつろへる薔薇《さうび》の歌と、
かかる日を名殘《なごり》のしらべ。

皐月の歌

雲は今たゆらにわたる、
ああ皐月《さつき》、——雲の麝香《じやかう》よ、
麥の香《か》もあたりに薫《くん》ず、

麥の香の波折《なをり》のたゆた。

日は醉《ゑ》ひぬ、綠は蒸しぬ、
ゆをびかに野はうるみたり、
揚雲雀《あげひばり》——阿刺吉《アラキ》のみ魂《たま》、
軟風《なよかぜ》や輕《かろ》き舞ぎぬ。

見よ、瑞枝《みづえ》、若葉のゆらぎ、
ゆらめける梢のひまを
青空や孔雀《くじやく》の尾羽《をばね》、——
數《かず》の珠、瑠璃《るり》のつらなみ。

皐月野《さつきの》の胸のときめき——
節ゆるきにほひの歌ぞ
日に蒸して、綠に醉《ゑ》ひて、
たよたよと傳ひゆきぬる。

秋の歌

柔らかき苔に嘆かふ
石だたみ、今眞ひるどき、
たもとほる湍らの秋や、
しめやげる精舎《しやうじや》のさかひ。

並び立つ樅《もみ》の高樹《たかぎ》は、
智識めく影のふかみに
鈍《ね》びくゆる紫ごろも、
合掌《がつしやう》の姿をまねぶ。

しめやげる精舎のさかひ、
石だたみ音もかすかに ――

飜る落葉は、夢に
すすり泣く愁《うれひ》のしづく。

かぎりなき秋のにほひや、
白蠟《びやくらふ》のほそき焔《ほのほ》と
わがこころ、今し、靡《なび》かひ、
ふと花の色にゆらめく。

花の色——芙蓉《ふよう》の萎《しな》へ、
衰への眉目《まみ》の沈默《もだし》を。
寂《さび》の露しみらに薫《くん》ず、
かにかくに薄きまぼろし。

しめやげる精舍に秋は
しのび入り滅《き》え入るけはひ、
ほの暗きかげに燦《きら》めく
金色《こんじき》のみ龕《づし》の光。

かかる日を冬もこそゆけ

ゆをびぬる日南《ひなた》のかをり、
かかる日を冬もこそゆけ、
柔らげる物かげの雪、
枝ゆらぐ垣のいちじゆく。

かかる日を、噫《ああ》、かかる日を
待ちわびぬ、わびしきわが世、
寂寞《じやくまく》の胸の日南《ひなた》を
ゆをびぬる思ひのかをり。

幽《かす》かにも水沼《みぬま》の遠《をち》を
水禽《みづとり》の羽音《はおと》の 調《しらべ》。

ひときほひ、嵐はまたも
青空の淵にすさべば
その面《おも》は氷《ひ》の泡だちて
銀《しろがね》の色に燦《きら》めく。

冬はいま終《はて》のいぶきか、
常盤木《ときはぎ》は深くをめきぬ、
いちじゆくの枝はたゆらに
音無《おとなし》の夢のさゆらぎ。

かくて後、時の静けさ、
かかる日を冬もこそゆけ、
春の酵母《もと》――雪のしたみに
かぐはしの思ひは沸《わ》きぬ。

しかすがに水沼《みぬま》のあなた、
水禽《みづとり》の羽音《はおと》のわかれ。

靈の日の蝕

時ぞともなく暗《くら》うなる生《いのち》の扃《とぼそ》、——
こはいかに、四方《あたり》のさまもけすさまじ、
こはまた如何《いか》に我胸の罪の泉を
何ものか頸《うなじ》さしのべひた吸ひぬ。

善《よ》しと匂へる花瓣《はなびら》は徒《あだ》に凋《しぼ》みて、
惡《あ》しき果《み》は熟《つ》えて墜《お》ちたりおのづから
わが掌底《たなぞこ》に、生溫《なまぬる》きその香《か》をかげば
唇のいや堪《た》ふまじき渇きかな。

聞け、物の音、——飛び過《す》がふ蝗《いなご》の羽音《はおと》か、
むらむらと大沼《おほぬ》の底を沸《わ》きのぼる

毒の水泡《みなわ》の水の面《も》に彈《はじ》く響か、
あるはまた疫《えやみ》のさやぎ、野の犬の
淫《たはれ》の宮に叫ぶにか、噫、仰ぎ見よ、
微《かす》かなる心の星や、靈《たま》の日の蝕《しよく》。

智慧の相者は我を見て

智慧《ちゑ》の相者《さうじや》は我を見て今日《けふ》し語《かた》らく、
汝《な》が眉目《まみ》ぞこは兆惡《さがあ》しく日曇《ひなぐも》る、
心弱くも人を戀ふおもひの空の
雲、疾風《はやち》、襲《おそ》はぬさきに遁《のが》れよと。
噫《ああ》遁《のが》れよと、嫋《たを》やげる君がほとりを、
綠牧《みどりまき》、草野《くさの》の原のうねりより

なほ柔かき黒髪の綰《わがね》の波を、——
こを如何《いか》に君は聞き判《わ》きたまふらむ。

眼をし閉《とづ》れば打續く沙《いさご》のはてを
黄昏《たそがれ》に頸垂《うなだ》れてゆくもののかげ、
飢ゑてさまよふ獸《けもの》かととがめたまはめ、

その影ぞ君を遁れてゆける身の
乾ける旅に一色《ひといろ》の物憂き姿、——
よしさらば、香《にほひ》の渦輪《うづわ》、彩《あや》の嵐に。

見おこせたまへ
文目《あやめ》もわかぬ夜《よる》の室《むろ》に濃き愁ひもて
醸《か》みにたる酒にしあれば、唇に

そのささやきを日もすがら味《あぢは》ひ知りぬ、
わが君よ、絶間もあらぬ誄辭《しぬびごと》。

何の痛みか柔かきこの醉《ゑひ》にしも
まさらむや、嘆き思ふは何なると
占問《うらど》ひますな、夢の夢、君がみ苑《その》に
ありもせば、こは蜉蝣《かげろふ》のかげのかげ。

見おこせたまへ盞《さかづき》を、げに美《うる》はしき
おん眼《め》こそ翅《つばさ》うるめる乙鳥《つばくらめ》、
透影《すいかげ》にして浮び添《そ》ひ映り徹《とほ》りぬ、

いみじさよ、濁れる酒も今はとて
輝き出《い》づれ、うらうへに、靈《たま》の欲《ほ》りする
蠱《まじ》の露。——いざ諸共に乾《ほ》してあらなむ。

異想

晝の思《おもひ》の織り出でし紋《あや》のひときれ、
歡樂《くわんらく》の緯《ぬき》に、苦悶の經《たて》の絲、
縒《よ》れて亂るる條《すぢ》の色、あるは叫びぬ、
あるはまた醉《ゑ》ひ痴《し》れてこそ眩《めく》るめけ。

今、夜《よる》の膝、やすらひの燈《ともし》の下《もと》に、
卷き返し、その織りざまをつくづくと
見れば朧《おぼろ》に危《あやふ》げに、眠《ねぶ》れる獸《けもの》、
倦《う》める鳥――物の象《かたち》の異《こと》やうに。

裁《た》ちて縫はさむかこの巾《きれ》を、宴《うたげ》のをりの
身の飾《かざり》、ふさはじそれも、終《つひ》の日の

棺衣《かけぎぬ》の料《れう》、それもはた物狂ほしや。

生《せい》にはあはれ死の衣《ころも》、死にはよ生《せい》の
空炷《そらだき》の匂ひをとめて、現《うつつ》なく、
夢はゆらぎぬ、柔かき火影《ほかげ》の波に。

茉莉花

咽《むせ》び嘆かふわが胸の曇り物憂き
紗《しや》の帳《とばり》しなめきかかげ、かがやかに、
或日は映《うつ》る君が面《おも》、媚《こび》の野にさく
阿芙蓉《あふよう》の萎《ぬ》え嬌《なま》めけるその匂ひ。

魂《たま》をも蕩《た》らす私語《ささめき》に誘はれつつも、
われはまた君を擁《いだ》きて泣くなめり、

極祕の愁、夢のわな、——君が腕《かひな》に、
痛ましきわがただむきはとらはれぬ。

また或宵は君見えず、生絹《すずし》の衣《きぬ》の
衣《きぬ》ずれの音のさやさやすずろかに
ただ傳ふのみ、わが心この時裂けつ、

茉莉花《まつりくわ》の夜《よる》の一室《ひとま》の香《か》のかげに
まじれる君が微笑《ほほゑみ》はわが身の痍《きず》を
もとめ來て沁《し》みて薫《かを》りぬ、貴《あて》にしみらに。

春鳥集より

朝なり

朝なり、やがて濁川《にごりかは》
ぬるくにほひて、夜《よる》の胞《え》を
ながすに似たり。しら壁に——
いちばの河岸《かし》の並《な》み藏《ぐら》の——
朝なり、濕める川の靄。

川の面《も》すでに融《と》けて、しろく、
たゆたにゆらぐ壁のかげ、
あかりぬ、暗きみなぞこも。——
大川《おほかは》がよひさす潮《しほ》の
ちからさかおすにごりみづ。

流るゝよ、ああ、瓜《うり》の皮、
核子《さなご》、塵わら。——さかみづき
いきふきむすか、靄はまた
をりをりふかき香《か》をとざし、
消えては青く朽ちゆけり。

こは泥《ひぢ》ばめる橋ばしら
水ぎはほそり、こはふたり、——
花か、草びら、——歌女《うたひめ》の
あせしすがたや、きしきしと
わたれば嘆く橋の板。

いまはのいぶきいとせめて、
饐《す》えてなよめく泥《どろ》がはの
靄はあしたのおくつきに
冷《ひ》えつつゆきぬ。——鷗鳥《かもめどり》
あげしほ趁《お》ひて、はや食《あさ》る。

濁《にご》れど水はくちばみの
あやにうごめき、綠練《みどりね》り、
瑠璃の端《は》ひかり、碧《あを》よどみ、
かくてくれなゐ、——はしためは
たてり、揚場《あげば》に——女《め》の帶や。

靑ものぐるま、いくつ、——はた、
かせぎの人ら、——ものごひの
空手《むなで》、——荷足《にたり》のたぶたぶや、
艫《とも》に竿《さを》おし、舵《かぢ》とりて、
舳《へ》に歌を曳《ひ》く船《ふな》をとこ。

朝なり、影は色めきて、
かくて日もさせにごり川、——
朝なり、すでにかがやきぬ、
市ばの河岸《かし》の並《な》みぐらの
白壁《しらかべ》——これやわが胸か。

帰港

浪喘《あへ》ぐ灣《いりうみ》なかば
萎《な》ゆる帆のふかきはためき、
ものうかるさまや、大船《おほふね》、
ちからなく翅《つばさ》垂れぬる。

常夏《とこなつ》の小島《をじま》を離《か》れて、
いく波折《なをり》、いく日、わたづみ、——
水手《かこ》はいま眼《まなこ》をあげぬ、
さがあしきこの港《みなと》いり。

うるはしき積《つみ》じろ——眞だま、
奇鳥《くしどり》の羽《はね》、あるはまた

香《か》にたかき果實《このみ》、びやくだん——
いやさらに、かくてものうげ。

天人《てんにん》の食《じき》、つらき世に、——
はたくらきこの日よそほひ
かざらむの命《いのち》のふねや、——
眞帆ぞ、ああ、喘ぎはためく。

底にごる江《え》の波暮れて
澪《みを》びきのこゑあをじろし、
黒曜《こくえう》の石をみがける
あだ矢こそ飛ばめ、この時。

もたらしし光けおされ、
わきがたし眞帆と水手《かこ》とを、
いづこにか泊《は》てつる船ぞ、
まばゆかるま闇のおくが。

乞丐

わがおもひ——垢膩《くに》か、かたゐか、
土《つち》の灰《はひ》、十日《とをか》ひでりの
ほこり路《みち》、いやしき民の
蒸《む》しぐるし衢《ちまた》日中《ひなか》を、
喉渇《のぞかわ》き、くろぶしやけて
よろめけるさまにも似たり。
たまたまはかたへに避《よ》きて、
『信《しん》』の井《ゐ》の龍頭《りうづ》より、なほ、
噴《ふ》く水にうるほひ享《う》けて
跣足《すあし》、踵《くびす》、洗ひ浄《きよ》むれ。——
かかる時、あはれ、ふたたび、
おぼゆるは小《ち》さきわが身の

ちからづき、生《せい》の火のまた
よみがへり、直路《ただぢ》にたちて、
やや支《ささ》へ、ささふるきほひ。
おぼゆるは、さもあれ、更に
偉《おほい》なる呵責《かしやく》の力、——
わが脊揥《せう》つ翅《つばさ》かくやく、
その羽《はね》は石絨《いしわた》なして、
その骨に刻《きざ》む燧石《すゐせき》、
しづやかに瞳《ひとみ》をかへす
高天《たかあめ》の一《いち》の日の鳥。
かくてわが命《いのち》は増しぬ、
地《ち》のけがれ、蠍《さそり》もなにぞ。——
たとふれば、こはこれひくき
燈明《とうみやう》の油はつはつ、
ひとしづく焰と照れば
その影を、永劫《とは》に、智恵慈悲《ちゑじひ》
無量光《むりやうくわう》護《まも》る不思議《ふしぎ》の
莊嚴《さうごん》や。——そのみすくひに

あふぎ見れば、さすがに天《あめ》は
強《つよ》し、烈《はげ》し、あまりに眩《は》ゆし、
眼《め》をとぢて光を吸《す》へば
酔《ゑ》ひごこち、よろしき靈《たま》の
みたみらが讃頌《さんしよう》のこゑ
つらなりて起《おこ》るを聞くよ。
ここにてはなよびの花の
しぼむらむ憂ひなり、はた
つかれなり、うまし盞《さかづき》
もつ手よりすべらむ日なり、
ただ賜《たま》へ、眞夏麻耶姫《まなつまやひめ》、
無憂樹《むいうじゆ》の枝の一葉《ひとは》を、
光明《くわうみやう》の途《みち》にかざして
さらば、今、慣れぬさかひに。

瑞香

艶なる夜《よる》の黒髪は
月にきえぎえうつろひぬ、
香《にほひ》に洩れて沈丁花《ぢんちやうげ》、
なほ、祕《ひ》めつつつむ花のふえ。

朧のかげはゆらめきぬ、
膚《はだへ》に物の音《ね》ぞしづく、――
たとへば浪のうねうねを
春は櫂《かい》うつ夢小舟《ゆめをぶね》。

照らしぬ、融《と》けぬ、あめつちは
宴《うたげ》まどかにうるほひて、

月にはうかぶ月の暈《かさ》——
ああ、新妻《にひつま》の新室《にひむろ》や。

風は紋羅《もんら》の浮織《うきおり》に
人と草との舞のあや——
ほのに映《うつ》れる花姿《はなすがた》、
弱肩《よわがた》、それとさだめなく。

燭《しよく》の火《ひ》くゆる聖殿《せいでん》に
いつく女天《によてん》をさながらの
春に、こよひは、をみなごの
よき名をささげまつらむよ。

戀のみぞ知る深き夜の
祈禱《いのり》は永劫《とは》に金泥《こんでい》の
紺紙《こんし》にきえぬ世のまこと、——
あだしごころのえこそわかたね。

黄昏

貴《あて》なるかげや、臈《らふ》たき
白衣《びやくえ》ほのぼの、――
今しも、萎《な》えし眼《め》よぎり、
にほふは姫か、びやくえの
花のうつり香《が》。

玉《たま》の器《うつは》に、いきづく
燭《しよく》はその手に、
つきせぬ執《しふ》のあぶら火《び》
もゆるや、焰《ほのほ》むせびて、
ひそに、ほのかに。

夢のゆきかひ、ひまなく、
かげはゆらめき、
悔《くい》と恨《うらみ》の怨言《かごと》に
樂欲《げきよく》くゆすみどりの
星もなやみて。

臈《らふ》たき姫よ、その手の
蠱《まじ》のともしび、
吹《ふ》き滅《ほ》ちてあれ、ああ世に、
むしろこひのむ、わが身は
闇《やみ》の甘寝《うまい》を。

陰《かげ》、色《いろ》、光《ひかり》、まぼろし、
よよと嘆きて、
きえまどひつつ、むなしき
わがおもひでのなづさふ
たそがれ時《どき》よ。

日のおちぼ

日の落穂《おちぼ》、月のしたたり、
殘りたる、誰《たれ》か味ひ、
こぼれたる、誰かひろひし、
かくて世は過ぎてもゆくか。
あなあはれ、日の階段《きざはし》を、
月の宮――にほひの奥を、
かくて將《は》た蹈めりといふか、
たはやすく誰か答へむ。

過ぎ去りて、われ人知らぬ
束の間や、そのひまびまは、
光をば闇に刻みて

音《おと》もなく滅えてはゆけど、
やしなひのこれやその露、
美稲《うましね》のたねにこそあれ、——
そを棄てて運命《さだめ》の啓示《さとし》、
星領《し》らす鑰《かぎ》を得むとか。

えしれざる刹那《せつな》のゆくへ
いづこぞと誰か定めむ、
犠牲《にへ》の身を淵にしづめて
いかばかりたづねわぶとも、
底ふかく黒暗《くらやみ》とざし、
ひとつ火《び》の影にも遇《あ》はじ。
痛《いた》きかな、これをおもへば
古夢《ふるゆめ》の痍《きず》こそ消えね、
永劫《とことは》よ、脊に負ふつばさ、
彩羽《あやは》もてしばしは掩《おほ》へ、
新しきいのちのほとり、
あふれちる雫むすばむ。

公孫樹

なべての樹にまさる
銀杏樹《いてふ》よ、くるほしき
北風《きたかぜ》葉をふるへ、
汝《な》が枝《えだ》さすや、唯これ北にのみ。

銀杏樹《いてふ》は北を壓《お》す
南の砦《とりで》。——ああ、
なべての樹《き》のなかに
今の日いやしめる往《い》にし代《よ》のさま。

なよびは花むろに、
弱きは盡きて、ここ

小《ちさ》きはひしめける
さやぎを知るや、いさ、汝《な》が天《あま》そそり。

銀杏樹《いてふ》よ、（ときめきぬ
わが胸。）あぶら火《び》の
くゆれる、そを嘲《あざ》み、
ひとりか蠟《らふ》の香《か》の焰かかぐる。

劫初《ごふしよ》の浪に、いと
けだかき大洋《わたづみ》の
枝より、貝の葉の
砕けしそれか、汝《な》が落葉《おちば》のゆくへ。

思へばしづかなり
散《ち》るとき、立てるとき、
思へば汝《な》が幹《みき》は
かの跡《あと》世にたちし巨象《きよざう》のねぶり。

汝《な》が身は汝《な》が設《ま》けし
おくつき、復《ま》た活《い》きて、
汝《な》が日に甦《よみがへ》る
眞夏《まなつ》を白鵠《びやくこふ》の歌かなしまむ。

誰かは心伏せざる

煙は鈍《にば》む日に、
映《うつ》りて、くらきむらさき、
ながれぬ、霜の壓《お》す
弓かとひくく撓《たわ》みぬ。
悶《もだ》ゆるけぶり、世の
底なるいぶきか壞《く》ゑくるゑ
うづまき去るかなた、

ねびてぞ墜《お》つる日黄《き》なる。

夕ぞらよどむとき、
静かに、重《おも》し、すさまじ、
巷《ちまた》を空《むな》ぐるま
まろびてゆくに似たらず。

見よ、今煤《すす》ばめる
「工廠《こうしやう》」いくむねどよみ、
その脊《せ》をめぐらすや
いさ、かの天《あめ》の耀光《えうくわう》。

聖《せい》なるちからには
后土《おほつち》とどろき、蒸して
騰《あが》れるゆげには
うるはし花こそこもれ。――

かからむ花はまた

世になし、ひらめくひかり
遽《には》かに牕《まど》を洩れ、
強き香《か》照らす束のま。

鳥啼《な》く——ああ鐵槌《つち》の
ひびきよ、かぎろひけぶる
ただなか、戰《たたかひ》の
胸肉《むなじし》刻《きざ》む聲なり。

誰《たれ》かはこのほとり
ゆく時こころ伏せざる、——
疵《きず》にか、身に逼《せま》る
道にか、高き御名《みな》にか。

三十八年三月

甕

素焼《すやき》の、ああわが命《いのち》、輕き小甕《をがめ》、
誰《た》が手か轉《まろ》がしおける、想ひ見れば
古《ふ》りし代《よ》埴安姫《はにやすひめ》が手《た》すさびより、
夏の日、一日《ひとひ》、南の山そばにて
製《つく》れる埴瓮《はにべ》の遺物《かたみ》——それかあらぬ。
また見る、姫が小指《をゆび》の痕《あと》、花うづ、
新たにきのふ享《う》けたる戀のごとく
かがやき面《おもて》に浮び透《す》きただよふ。

歡樂《よろこび》今なほあらばこれに充《み》てむ、——
八千歳《やちとせ》すでに往《ゆ》きしか、星月夜の
宵《よひ》の間《ま》短かき宴《うたげ》すぎ去りしか、

姫神かつては嘗《な》めしかの醸酒《かみざけ》、
その香《か》の高きに、あはれ、この命《いのち》の、
(空《あだ》なり。)かくて渇《かわ》きて缺《か》けもやする。

不浄

『おもひ』は經《へ》つや荊棘《いばら》の路《みち》を、今し
乾《かわ》ける土に埋れてめしひぬれど、
ただ聞く、凶《まが》の沼水《ぬまみづ》缺《か》けかたぶき、
をぐらきまむしの谿間《たにま》たぎちゆきて
ひしめき溢るるさやぎ、——將《はた》また聞く、
あだ人きほへる夜《よる》の森かげより
　篝《かがり》の火枝《ほえだ》啄《ついば》み滅《しめ》し去ると
舞ひ來《こ》し天《あめ》の眞鳥《まとり》の悲しきこゑ。——

かくしも聞くと、わが身にあやし『おもひ』
やどりて眠り、埋れて耳たつれば、
悩みてわれは扉《と》を守《も》る沙門『不浄《ふじやう》』、
いつける愛の金堂《こんどう》ここに壞《つひ》え、
ねたみや、悔《くい》や、丹《に》の雨、瑠璃《るり》のあらし、
忽ち燃えそふ戀のこれや阿蘭若《あらんにや》。

愛のつとめ

今日《けふ》こそいと樂しけれ、君を得ては
わが眼《め》も、げにみなづきの黄《き》なる石と
やけにしものを、うるほひ充《み》ちたらへり、
げによろこびなり、君が胸のにほひ。
夢さへ翅《つばさ》たたみてつつましくも
青浪《あをなみ》花さく岸にたたずむとき、

かがやく希望《のぞみ》の海や、ほたて貝の
帆あげて沖にそひゆく二人《ふたり》ならむ。

樂しや、さあれうれたし、葬《はふり》のをり
火ともす蠟《らふ》の香《か》くゆり、あわただしく
鐃鈸《ねうはち》さそふ。――今こそ告ぐれ君に、
きのふの『ねたみ』は亡《う》せぬ、遺骸《なきがら》をば
送りし『愛』は涙の友なり、ああ、
黒衣《こくえ》を、見よ、まとひては僧《そう》のつとめ。

君にささぐ

消えゆく影あり、しばし日の高琴《たかごと》、
まだきに靈《たま》をしおくる音《ね》をなたてそ、
木《こ》のもと微草《をぐさ》に、渚《なぎさ》なみのはなに、

わが世に、ふたたび、姿さそはまほし。
さはあれ皐月《さつき》さかりの装《よそほ》ひ棄《す》て
天《あめ》ゆく影の手弱女《たをやめ》、これをかぎり、
まことの戀の宮居《みやゐ》の新園守《にひそのもり》、
君のやひと目、光にしづく眞珠《またま》。

豹《へう》の斑《ふ》おせしにも似る追憶《おもひで》もて
『こころ』を、いで、こは香爐《かうろ》、君に捧ぐ、——
そは幾《いく》しほの涙に青みゆかむ、
人見て、なほ歡樂《よろこび》の器《うつは》とせば、
ましろき『命《いのち》』を据《す》ゑて、君が瞳《ひとみ》
照らせしわが身みながら炷《た》きてあらむ。

「海の幸」

（青木繁氏作品）

あらぶる巨獣《きよじう》の牙《き》の、角《つぬ》のひびき、——
（色あや今音《ね》にたちぬ。）否、潮《うしほ》の
あふるるちからの羽《は》ぶり、——はた、さながら
自然の不壊《ふゑ》にうまれしもののきほひ。
すなどり人《びと》らが勁《つよ》き肩たゆまず、
胸肉《むなじし》張りて足《た》らへる聲ぞ、ほこり、
よろこびなるや、たまたまその姿は
天なる爐《ろ》を出でそめし星に似たり。

かれらが海はとこしへ瑠璃聖殿《るりせいでん》、
わたづみ境《さかひ》を領《し》らす。さればこの日
手に手にくはし銛《もり》とる神の眷屬《うから》、

丈《たけ》にもあまる大鮫《おほざめ》ひるがへるや
魚《な》の腹碧《あを》き光を背《せ》に負ひつつ、
上《のぼ》るはいづこ、劫初《ごふしよ》の砂子《いさご》濱べ？

『天平の面影』

（藤島武二氏筆）

徂《ゆ》きしは千載《ちとせ》か、塵《ちり》か、わが手弱女《たをやめ》、
眼《まな》ざしふかくにほふは何のさがぞ、
世はまた日に歸り來て、しづけささめ、
常久《とこひさ》君が華にぞあくがれよる。
束の間虚空《そら》にめぐりて疾風《はやち》羽搏《はう》つ
嗚呼その隙にしも人滅ぶといふ、——
傷《いた》みそ、彈《ひ》くに妙音《よきね》の浪白銀《なみしろがね》
傳ふる君が命《いのち》は窮りなし。

いざ君かなでよ箜篌《くごう》、——青水沼《あをみぬま》も
高草村《たかくさむら》も、げにこれ新大路《にひおほぢ》や、——
頑鑛《あらがね》もまた藝術《たくみ》、慈相《じさう》のかげ、
豪華《さかえ》や禮讃《らいさん》や、はた、戀や、歌や、——
そは皆君が手にこそ、桐若樹《きりわかぎ》の
むらさき夏に潤ふ律調《しらべ》の園。

五月靄

ひとつびとつに君も見よ
菖蒲《さうぶ》の葉ごと、葉のさきに
露ありて、すがりゆらめきぬ。
（ああ、くるる戸《ど》を觸《ふ》るる音《おと》。）

その露のたまひとつびとつ

燦《きら》めきぬ、はたつぶたちて
浮藻《うきも》には添ふ水の泡。
（くるるの音はきしめきぬ。）

水はよどみて、五月靄《さつきもや》
かをれる朝を、魂と身と、——
身やわれ、魂や君か、そも。
（くるるはひびく、なめらかに。）

水を忘れし水草の
花かも君は、——げにしばし
戀をはなれし戀の花。
（見よ、くるる戸《ど》のしろがねを。）

われからならぬ手《た》にぎりや、——
豹《へう》の斑《ふ》をこそめでにしか、
誰《た》がかきのせし豹の肩。
（くるるをめぐる火のしらべ。）

あやしの森の濃く青き
常蔭《とかげ》か、あらず、五月靄《さつきもや》
褪《あ》せゆく水際《みぎは》を君とわれ。
(聞きね、くるるのくろがねを。)

菖蒲《さうぶ》の葉ごと露ありき、——
わが名をも、いざ、君も問へ、
君が眼《め》、あはれ、君が名よ。
(ああ、くるる戸《ど》の消ゆる音《おと》。)

あまりりす

水盤《すゐばん》に
あまき露うけむ、

君がゑみ
花とさくその日。

胸に蒸す
にほひ眼《め》にうつり、
君がゑみ
眞晝かがやける。

あやしうも
あでに、睡蓮《すゐれん》の
夜《よ》をかをす
ほこりには似じな。

わが戀の
たとへ、また、(榮《はえ》の
古跡《ふるあと》や)
荒《すさ》む野となるも、

わがこころ
ここに、なほ、清き
水盤の
花のつゆうけむ。

夏に添ふ
花やあまりりす、
君がゑみ
花とさくその日。

誘　惑

みづぐさ青み、夏川の
（妖《まよはし》のこれ影か夢）
水のとばりの奥ふかく

ゆららに洩るる姫が髮。
眞《ま》晝《ひる》青《あを》岸《ぎし》、ひたぶるに
　（妖のこれ眞鏡《まかがみ》か）
いのりて更にまじろがず、
伏してながむる水の面《おも》。

いかなる姫か、ひもすがら、
　（妖のこれ妖か）
いかなる姫が細髮《くはしがみ》、――
顏《かほばせ》のはた見まほしき。

河浪のこゑ、水のこゑ、
　（妖のこれはかなさか）
こゑごゑ溢れあざわらふ、
『花のおもては見がたし』と。

水草《みづくさ》なびき、夏川の

（妖のこれその望み）
水のとばりのさはりなく
いつかは、清き面影を。

姫がくろ髪、ひもすがら
（妖のこれそのちから）
夢とも消えで、はてのはて
にほひにこもる姫が眼《め》よ。

さあれ、瑠璃宮歡樂《るりみやよろこび》の
（妖のこれそのをはり）
姫にひかれて、常夏《とこなつ》を
百合《ゆり》のいづみのひとしづく。

靜かにさめしたましひの

靜かにさめしたましひの
一日《ひとひ》は花とにほひ咲く、
ゆふべにねむる花なれば
贈らむすべはなけれども、
わが戀ふる人、君をこそ、
君が眼をこそ慕ひ咲け。

いかにひらきてたましひの
花となりけむ知らねども、
この曉の水を出で、
一日《ひとひ》のすがたゆるされて、
一夜《ひとよ》に消ゆるこの花の

さだめもすでにつたなしや。

高き臺《うてな》のあらばあれ、
光みがける欄干《おばしま》に
垂れてかからむすべもなく、
底ひもわかぬ青淵《あをぶち》の
浪に流るるひもすがら、
君にむかひて咲けるのみ。

静かにひらく花なれど
花の頸《うなじ》は傾きぬ、
夕ばえ小島巖《いはほ》かげ
彩帆《あやほ》あげゆく鳥船《とりふね》の
すがたはあらで、さびしくも
ゆらぎてたてる花の性《さが》。

いにしへ一代《ひとよ》、后土《おほつち》の
いまだ焔と燃えし時、

火の海原《うなばら》の母の貝、
殻《から》の双葉《もろは》に晶玉《しやうぎよく》を
いつか産《う》みしと人知らぬ
それにも似たるたましひの花。

夏祭

一

金《きん》の屏風《びやうぶ》をめぐらして
祭物見《まつりものみ》のしつらひや。
金の屏風の繪模樣《ゑもやう》は
光琳もやう、花もやう。

花は紫、かきつばた
水もあやなる雙鴛鴦《つがひをし》。

祭物見《まつりものみ》の大店《おほだな》の
塵だにするゑぬしめやかさ。
縁《えん》じやのさきの美《うつく》しき
顔もそろひし女客《をんなきやく》、——

見ればとりどり水草の
祭の浪に誘《さそ》はれし
それとはかはる身だしなみ、
清らやここの中《なか》むすめ、

ことし十五の初夏と
うちそやさるる娘まゆ、

かひな、肩つき、たをやかに
をどりのふりの裾さばき。

をりもをりとて町内《ちやうない》の
屋臺《やたい》ちかよる絃《いと》のねや、
足《あし》なみ浮《う》かれ行く人の
表《おもて》どほりの賑ひに、

眉ねすこしくうちひそめ、
そむけがほなるそのけはひ。

十五初夏、くろがみの
艶《つや》に厭ふか町の塵。

さなそむけそよ花の顔、
慕ひよる眼《め》のなからずや、

しばしの興《きょう》にことよせて
手をとるひまもなからずや。

君を慕ふがわかさにて
七人《ななたり》きそふ夏まつり、

君を慕ひて隣町《となりまち》、
われや數《かず》にも入らざらむ。

派手《はで》なるそろひ肩ぬぎて
聲張りあぐるこころ意氣《いき》、

そのすがた見てくらぶれば
戀にふさはぬわが思。

君を慕ひて、よろこびの
花笠《はながさ》いつかかざさむと

夏の日ざかり人ごみの
なかにまぎれて立てるとき、
生憎《あやにく》さわぐ胸のさき
警固《けいご》の杖のとどろとどろ。

二

たとへば、君が優姿《やさすがた》
夏は水際《みぎは》の花あやめ、
むかしおぼゆる大江戸《おほえど》の
水の香《か》ながく君に添ふ。
われも氏子《うぢこ》の、君もまた
おなじゆかりの氏神《うぢがみ》や、

神の祭の日に遇《あ》ひて
ふたり手をとるこのえにし。

戀はわが眼《め》の瞳《ひとみ》かげ、
情《なさけ》は君が花とさく。

眞ひるは人め避《さ》けたれど
夜街《よまち》を君は厭はじな。

かけつらねたる挑燈《てうちん》の
巴繪《ともゑ》づくしの華《はな》やかさ。

灯《ほ》かげあふるる夜の道、
いざいざ戀の神の道。

二人伴《ともな》ふ一歩《ひとあし》に
みやこの土もよろこばむ。

ふたり歌はむ一節《ひとふし》は
なかばを君にゆづらまし。
いざいざ戀の神の道、
夜の灯《ほ》かげに君とたどらむ。

三十六年六月

姫が曲

この曲は材をギル氏（W. W. Gill）が編せる「南太平洋諸島の神話及歌謠」（Miths and Song from South Pucific.〈＊「Miths and Song from South Pucific.」はママ〉）中、「泉の精」（The Fairy of the Fountain.）と題せる一章に採れり。ラロトンガ（Rarotonga）の傳說なり。泉の名をヴァイティピ（Vaitipi）といふ。滿月の後、この泉より出でて、椰樹芭蕉の葉かげに遊ぶ水精の女あり、酋長アティ（Ati）、一夜人に命じて禽を捕ふるが如くして、この女を拉し來らしむ。女はこれより懷孕せり。嘆きて曰く、「腹部を剖きて子を出し、おのが亡骸をば土に埋めよ」と。既にして子を產みぬ。また曰く、「人界にて一子を設くる時、水國の母は悉く死なむ」と。アティはこの後、女の手を執りて、共に泉底に下らむとしてえせず。とこしなへに水精の女とわかれぬ。
わがこの曲は南國の王の水精の女と共に泉に下らむとするを、未だその女の子を産まぬ前、臨月の苦悶時におきぬ。

『何處《いづこ》へ汝《いまし》しのびて』と、
南の宮の大足日《おほたるひ》
まよひ、なげきに堪へかねて、
多麻姫《たまひめ》の手を手に執《と》らす。
（嗚呼うたかたや、
　惜しむとき、消ゆるとき。）

『何處へいまし出でゆく』と、
大椰樹《おほやし》しげる國の王、
南の國の王なれど
今はまどひの園のくさ。
（嗚呼うたかたや、
　浮ぶとて、痛むとて。）

姫はこのとき黒檀《こくたん》の
きざはしひとつ降《お》りなづみ、
大君あふぎためらへば
日は香木《かうぼく》の戸を刻《きざ》む。
　（嗚呼うたかたや、
　　ためらへど、とどむれど。）

姫が棄てたる沓《くつ》にこそ
晶玉《しやうぎよく》あそべ黄羽《きば》胡蝶《こてふ》、
姫が素足《すあし》のすずしさは
瑠璃《るり》座《ざ》に匂ふ白蓮華《びやくれんげ》。
　（嗚呼うたかたや、
　　匂ふとも、棄つるとも。）

『應答《いらへ》せずや』と、大足日
姫をひかへて問ひよれば、
かがやきいでし生華《いくはな》の
垂れなす姫が柔頸《やさうなじ》。

（嗚呼うたかたや、
　問ひよれば、垂れなせば。）

『ことに身ごもる姫が身の
いづこへひとり出でゆく』と、
責むれば暗き眼眸《まなざし》や、
ふかき瞳子《ひとみ》に火ぞ燃ゆる。
（嗚呼うたかたや、
　燃ゆるとや、責むるとや。）

『濃《こま》やかなりし一歳《ひととせ》の
ちぎりをいかにおもへりや、
姫よ』と、王のかく言へば、
姫は『今こそ語らめ』と。
（嗚呼うたかたや、
　今はこそ、さらばこそ。）

黄金《こがね》の鈎《かぎ》に龍王《りうわう》の

懸鈴《かけすず》たかくかかりたる、――
王は鈴索《すずなは》手にとらす、
姫は『今こそ語らめ』と。
（嗚呼うたかたや、
　語らめと、また更に。）

おもひに姫の沈むとき、
鈴は音《おと》なき海の色、
燈火《ともしび》あぐる龍宮《りうぐう》の
少女《をとめ》を彫《ゑ》りてうかび出づ。
（嗚呼うたかたや、
　浮びいで、沈み去り。）

あるひは鈴の音《ね》にたたば
階段《きざはし》のまへ戟《ほこ》の華《はな》、――
多麻姫、王のすそに伏し、
三度《みたび》『今こそ語らめ』と。
（嗚呼うたかたや、

咽《むせ》ぶなり、三たびなり。)
香爐《かうろ》の猊《しし》やうながせる、――
姫はうちいづ、『君が手に
わが手をそへて炷《た》きもしつ、
白檀《びやくだん》の香《かう》、沈《ぢん》の香《かう》。』
(嗚呼うたかたや、
手に手とか、香と香。)

姫はまたいふ、『大宮《おほみや》の
榮華《はえ》をば誰《たれ》かいとはむ』と、――
姫が聲《こわ》ねは睡蓮《すゐれん》の
水にゆらるる夜《よる》のこゑ。
(嗚呼うたかたや、
夜の聲、花の聲。)
またいふ、『悔《く》いて、うちわびて、
さびしくひとり歸らむ』と、

その言ふふしをあやしみて、
王は『いづこへ帰るとか。』
(嗚呼うたかたや、
うちわびて、あやしみて。)

『水より湧《わ》きし水の泡、
泉の底に生《お》ひたちぬ、
君は南の國の王、
わが身もとより水の精《せい》。』
(嗚呼うたかたや、
水の精、水の泡。)

姫はまたいふ、『一歳《ひととせ》や、
さきの夜《よ》と、このけふの日や、
かの夜《よ》に君はわかくして
王座《わうざ》に即《つ》きし夜《よ》の宴樂《うたげ》。
(嗚呼うたかたや、
さきの夜と、けふの日と。)

王はかこちぬ、『げにさなり、
かの日に榮《は》えし日の王座。』
姫はまたいふ、『膏油《かうゆ》燃え、
黄蠟《わうらふ》照りし夜《よ》の宴樂《うたげ》。』
(嗚呼うたかたや、
夜の宴樂、日の王座。)

さてしも、王が前にして、
『嗚呼愛慾《あいよく》と、驕樂《けうらく》と、
かの夜《よ》この身をさそひき』と、
ひざまづきてぞ姫のいふ。
(嗚呼うたかたや、
愛慾と、驕樂と。)

姫はまたいふ、『大宮の
ひかりこめたるかの夜半《よは》に
泉をいでし少女《をとめ》われ、

歓喜女天《くわんぎによてん》を祈りき』と。
　（嗚呼うたかたや、
　　祈より、泉より。）

見よ、今、姫がひざまづく
衣《ころも》のあやに影を添へ、
檳榔樹《びらうじゆ》下《お》りぬ、紫金羽《しこんば》の
碧胸毛《みどりむなげ》の垂尾鳥《たれをどり》。
　（嗚呼うたかたや、
　　影の瑞《さが》、鳥の文《あや》。）

姫はまたいふ、『かの夜《よ》すぎ、
七日《なぬか》すぎにしその朝《あした》、
御狩《みかり》にたたす國王《こくわう》の
われを泉に見たまへり。』
　（嗚呼うたかたや、
　　かの夜《よ》すぎ、七日すぎ。）

『そのとき汝白銀《いましのしろがね》の
わが弓とりて随《したが》へり。』
『嗚呼、その日より宮のうち、——
この身もとより水の精。』
（嗚呼うたかたや、
誘《いざな》へり、随《したが》へり。）

姫はまたいふ、『夜《よ》の空《そら》に
かかりて月の滿つるごと、
階段《きざはし》高き一歳《ひととせ》や、
みごもりみちぬ胎《たい》の月。』
（嗚呼うたかたや、
盈《み》つるにか、虧《か》くるにか。）

遽《には》かに姫はをののきて、
滿ちてもゆくか胎《たい》の月、——
泉の底の咒咀《じゆそ》のこゑ
日として聽かぬ日ぞなき』と。

（嗚呼うたかたや、
かの咒《のろ》ひ、この愁ひ。）

『水の國なる法章《のりおきて》――
人の世に來て、人の子を
一人《ひとり》產《う》むとき、生兒《うまれご》の
千人《ちたり》は死《し》なむ水底《みなぞこ》に。』
（嗚呼うたかたや、
千人《ちたり》とや、一人《ひとり》とや。）

姬はささやく、『千人子《ちたりご》の
泉のくにの血に叫《な》けば、
夜《よ》は夜《よ》の輪《わ》がね輾《きし》りおち、
晝《ひる》は日の軸《ぢく》折れ朽つ』と。
（嗚呼うたかたや、
たふれ朽ち、輾りおち。）

またいふ、『かくて水底《みなぞこ》に

かへりて罪を重ねじ』と、
その言の葉のあと趁《お》ひて、
王は『われこそともなはめ。』
（嗚呼うたかたや、
重ねじと、離れじと。）

南の國の大足日
多麻姫の手を手にとらし、
二人《ふたり》しのびて黒檀《こくたん》の
きざはし終《つひ》に降《お》りたたす。
（嗚呼うたかたや、
手をとらし、降《お》りたたし。）

紫斑《むらさきふ》あるにほひ百合、
花は泉の戸のしるし、
二人《ふたり》しのびてたどりつき、
二人うかがふ水の國。
（嗚呼うたかたや、

水の國、戀の園。）

王は湧《わ》きわく水を嘗《な》め、
『いざ、この水をとことはに
かつぎてゆかむ水の底、——
今こそ棄つれ日の王座』
（嗚呼うたかたや、
束の間を、とことはを。）

弱肩《よわがた》白き戀の魚《うを》、
姫は衣《ころも》をかい遣《や》りぬ、——
衣の文《あや》のきらめきは
瑪瑙海《めなううみ》ゆく孔雀船《くじやくぶね》。
（嗚呼うたかたや、
孔雀ぶね、戀の魚。）

たちまち青き水の空《そら》
王が身もまた沈みゆく、

王はとぢたる眼《め》をひらき、
ひとたび姫がすがた見つ。
（嗚呼うたかたや、
　姫かそも、泡かそも。）

その手を王はとりたれど、
泉ゆらゆら湧き上《のぼ》り、
姫が胸乳《むなぢ》もさながらに
くだけちり敷《し》く雲母雲《きららぐも》。
（嗚呼うたかたや、
　湧きのぼり、砕けちり。）

王はこのとき眼《め》も眩《く》れつ、
まろび去るとぞおぼえたる、
今また深き水を出で
耳には姫の聲を判《わ》く。
（嗚呼うたかたや、
　姫のこゑ、ふかき水。）

泉のくちにうかびいで、
めざめし王が髮をわけ、
姫はうちいづ、『かなしくも
水には慣《な》れぬ君がさま。』
（嗚呼うたかたや、
慣れぬさま、王が髮。）

姫はまたいふ、『水《みな》ぞこは
水の少女《をとめ》の星月夜《ほしづきよ》、
日の驕樂《けうらく》は君にあれ、
いざ』と、いひさし微笑《ほほゑ》みぬ。
（嗚呼うたかたや、
そのゐまひ、このねがひ。）

姫はほほゑみ下《くだ》りゆく、
ひとりうかがふ王が眼《め》に
象牙《ざうげ》かたどる絃月《げんげつ》の、

たとへば、沈む水の空《そら》。
（嗚呼うたかたや、
　惜しむとき、消ゆるとき。）

獨絃哀歌より

わかきいのち

わかきいのち
ただかりそめに花を愛《め》で、
またなほざりに麗《うる》はしき
人をすごしてあらむには、
ゆくての途《みち》も暗《くら》からむ。

ゆめ、若人《わかうど》よ、こころして、
神より賜《た》びし珍寶《うずたから》、
わかきいのちをはふらかす
罪《つみ》をな負ひそ、この世にて。

そのねがひ

わが「おもひで」の黄昏《たそがれ》に、
鈍《に》びまさりゆく浮雲《うきぐも》は、
つらきかたみのみだれ髪《がみ》、
艶《つや》ある色はかはりはて、

「こころ」の海も退《ひ》きじほの
沈《しづ》み落《お》ちぬるそのけはひ、
「戀《こひ》」も、「望《のぞみ》」も、飛ぶ鳥と
飛びてや去《い》にし、今は無し。

ただ「かなしみ」は、息長《いきなが》く、
殘《のこ》りてあれや、夕設《ゆふま》けて、

高き御座《みくら》に一筋《ひとすぢ》の
御明《をあかし》添《そ》へむそのねがひ。

わがこころ

わがこころ
わがよろこびは新草《にひぐさ》の
野べとしおもふその日だに、
いのちの花はうち萎《しほ》れ、
夕《ゆふ》やみ落《お》つることもあり。

愁《うれ》ひの影《かげ》のまどはしく、
いづれとわかぬさまながら、
代々《よゝ》のなやみの音《おと》なひを
聞き知りわぶるわがこころ

憂　愁

黄なる小草とみだれあひ、
紫蘇の葉枯るる色見れば、
なぞも野みちにたたずまれ、
かばかり胸の悲しきや。

わかれし人の面影の
ここにもうつるわりなさか、
それにもあらでかかる日に
かかる野みちのいたましき。

黄なる小草と、紫蘇の葉と、
この日この野に枯れみだれ、

日は秋に伏す路遠く
いづこより曳く愁なるらむ。

歡　樂

埋もれし去歳《こぞ》の樹果《このみ》の
その種子《たね》のせまき夢にも、
いかならむ呼息《いき》はかよひて
觸れやすき思ひに寤《さ》むる。

さめよ種子、うるほひは充つ、
さやかなる音をば聽かずや、
流れよる命《いのち》の小川
涓滴《したたり》のみなもといでぬ。

夢みしは何のあやしみ——
身はうかぶ光の涯《はて》か、
ゆくすゑの梢ぞかなふ
琴のねの調のはえか。

うづもれし殼にはあれど、
なが胸の底にしもまた
歡樂《よろこび》を慕ひつくすと
あくがるるあゆみ響くや。

萠えいでてさらば一月
菫草《すみれ》こそ君が友なれ、
生《お》ひたちて、やがてはある夜
眞白百合《ましらゆり》君に添はまし。

流眄

昨日《きのふ》緑の蔭にして
ふたたび君と相見てき、
こはゆくりなさそのままに
邂逅《めぐりあ》ひつつ別れけり。

胸には淡く殘るとも
面影の花朽ちざらむ、
わかれきてこそいや慕へ、
名をだにしらぬ君なれど。

君星眸《まなざし》のをやみなさ、——
雲にあふれて雲をいで、

光は裂《さ》けて榮《は》え顫《ふる》へ
野に野の草をわたるごと。

君星眸《まなざし》のをやみなさ、
たまたまやどすその影の
胸になやみの戸を照らし
ふかき園生の香に入れり。

夜こそ明けけれわかやかに、
ああ歡樂《よろこび》の日に遇はば、
高きその日は見ずもあれ、
光に添はむわがねがひ。

馨香《にほひ》はされど驚きて
などかはそむく戀の花、
君おもかげの花なれど
あまりわびしき夢のかげ。

戀のながれのわれや水、
ながれて底に沈めども、
水泡《みなわ》と浮び消えもせで
かの星眸《まなざし》のなほも殘れる。

萬法流轉

靜かに今見よ、園の白壁《しらかべ》にぞ
楊《やなぎ》の一つ樹枝《こえだ》の影映《うつ》れる。
その影忽ち滅えぬ、――かの蒼波《あをなみ》
かくこそ海原闇き底に潛《ひそ》め、
影また漸く明《あか》り射《さ》す光の
眩《まばゆ》く白く纏ふをながめいれば、
かつ墮《お》ちかつ浮び來るそのきそひに
滿ちまた涸れゆくこころ禁《とど》めかねつ。

運命深き轍《わだち》の痕《あと》傳へて
見えざる車響けば、宴樂《うたげ》にほひ、
歌聲輟《や》むも束の間、おもへばげに
こは世に痛き鞭笞《しもと》や壁なるかげ——
むちうて、汝虚《いましむな》しく見えなせども
花園榮なき日にもこは無窮《とこしへ》

畑のつとめ

こころの糧《かて》をわがとる菜園《さいゑん》こそ
榮《はえ》なき思ひ日毎《ひごと》に耕すなれ。
ある時ひくき綠はここに燃えて
身はまた夢見ごこちにわづらふとも
時には恐怖《おそれ》に沈むかなしき界《よ》の

地獄の大風《おほかぜ》強く吹きすさみて、
ここにぞ生ふる命の葉は皆枯れ、
歡樂《よろこび》冀願《ねがひ》もあだに消え去るとも、
ああただかの花草や、（羽《はね》なくして
ささやく鳩にも似るか、）そのにほひに
涸れにし泉ふたたび流れ灌《そそ》ぎ、
ああまた荒れにし土の豐かなる時、
盡きせぬ愛の花草讃めたたへて
聖菜園のつとめに獨りゆかむ。

優曇華

遽《には》かにわが身變《かは》りぬ、否さらずば
聲なき歡樂《よろこび》手をば高くあげて、
『見よこの過ぎ行く影を、いざ』と指《さ》すか、遷轉無窮《せんてんむきゆう》の夢ぞ卷きて披《ひら》く。
流るるこの甃石《いしだたみ》、都大路、
酒の香、衣《きぬ》の色彩《いろあや》みだれうかぶ、——
あやしや此處にもしばし彼の自然《しぜん》の
高嶺《たかね》の、大野《おほの》の力こもりぬらし。

嗚呼喧噪《けんさう》の巷も今し見れば、
往きかふ人影《ひとかげ》淡き光帶びて
あかつき朝日纒へる雲に似たり。
臈《らふ》たき人よ、この時かしこを君、
極熱豐麗《ごくねつほうれい》の土《つち》しばし抽《ぬ》きて
花草匂ふがごとく君も過ぎぬ。

頼るは愛よ

その時わが身はここに、此處《ここ》は星の
幾重かめぐれる途《みち》の外《ほか》なるべき。
實《げ》にそが黄金《こがね》環《わ》劃《かぎ》る虚空《みそら》のみち
いつしか踰えこそ來つれ、（かく夢みて
夕暮ひとりまどへり）おふけなくも
胸には人の世さわぐ浪のおとの
仍《なほ》かのゆらぎ傳へて、身にははやく
眞白き照妙《てるたへ》魂《たま》の聖なる衣《きぬ》。

頼《たよ》るは、頼るは愛よ、君によりて
地《つち》なる愁を去らむ、彼處《かしこ》にては
僅かに夢に見えつるその信《まこと》を

眩《まばゆ》きけふぞ天《あめ》にて解き知るなる、——
見よここ永生《えいせい》の脈《みやく》精氣《せいき》みちて
時劫《じごふ》のすすみ老いせぬ愛の常《と》かげ。

無信

道なき低き林のながきかげに
君さまよひの歌こそなほ響かめ、——
歌ふは胸の火高く燃ゆるがため、
迷ふは世の途《みち》倦みて行くによるか。
星影夜天《ほしかげやてん》の宿《しゆく》にかがやけども
時劫《じごふ》の激浪《おほなみ》刻む柱見えず、
ましてや靡《しな》へ起き伏す靈《れい》の野のべ
沁《し》み入るさびしさいかで人傳へむ。

君今いのちのかよひ路《ぢ》馳せゆくとき
夕影《ゆふかげ》たちまち動き涙涸れて、
短かき生《せい》の泉は盡き去るとも、
はたして何をか誇り知りきとなす。
聖なるめぐみにたよるそれならずば
胸の火歌聲《うたごゑ》ともにあだならまし。

好機

よきしほ流れてゆきて歸り來《こ》ねば、
むなしき行方《ゆくへ》見やるもかひなからむ、——
戀する二人《ふたり》が胸こそただ浪だて、
占問《うらど》ひささやくやすみ世にまたなし。
手に手をその後くます夕來《ゆふべく》とも、
しのべる命さみしき香のみこめて、

言はむの彼はおもひを洩らしにくく
聴かむのこれは冀願《ねがひ》をはや忌まし。

天《あめ》の座《ざ》白き光のめぐれる日に
ここには物みな墜《お》つる跡《あと》ぞ暗き、——
戀せし二人が一人、嗚呼《ああ》そのまま
孰《いづ》れか缺《か》けゆく悔《くい》のあわだつとき、
沈むは瑪瑙《めなう》の、瑠璃の戀の小壺、
鎖《とざ》すは闇よ、——永遠《とは》なる大海原。

戀の園

『みだれてくらき深海《ふかうみ》の
底にねむりし身もこよひ、』——
眞珠《しんじゆ》小百合《さゆり》の唇に

はじめてふれて、
『君を戀ふ』と。

產《う》めどもふかく沈めつる
海はしんじゅの母なれど、
母をも棄ててこの園に
ああまた何ぞ、
『君を戀ふ』と。

小百合は知るや、慕ひよる
眼《め》ざしは天《あめ》にふさへども、
胸にはゆらぐ海の音《おと》の
うれひやいとど
『君を戀ふ』と。

あふれて月は雲に入り、
雲は光にとくるとき、
小百合の園の香《か》に映《は》えて

影ゆめふかげ、
　『君を戀ふ』と。

しんじゆの淸き身ならずば
小百合なにかはくちづけの
あまきにほひもまじへじを、
さてもせつなげ、
　『君を戀ふ』と。

夜はひとやのやみならで
今宵《こよひ》月照る戀の園、
やすらひの戸もかげやけど、
きかずやあはれ、
　『君を戀ふ』と。

嗚呼沈みしも海のそこ、
戀ふるも深きこころには、
小百合なさけのくちづけも

あさきやさらに、
『君を戀ふ』と。

戀の火焚けば雲もはた
濤もひとつの火のいぶき
光の干潟《ひがた》、——月もまた
わづらへどなほ、
『君を戀ふ』と。

『欲ながれて戀にゆき、
おもひはもゆる身ぞこよひ、』——
眞珠小百合の花びらの
口にくちづけ、
『君を戀ふ』と。

新鶯曲

法吉郷、郡家正西一十四里二百卅歩神魂命御子、宇武賀比比賣命、法吉鳥化而飛度、靜坐此處、故云法吉。

出雲風土記

わが姉うぐひす、いかなれば
野を、また谷を慕ふ身と、
鳥に姿をかへにけむ、
緑《みどり》は匂ふそのつばさ。

われは永劫《とこしへ》海の精、
きのふのむつみ身にしめて、
巖群《いはむら》渚《なぎさ》 おほ浪の
みだれに胸を洗はむか。

わが姉しばしふりかへり
北海《きたうみ》寒き磯を見よ、
凍《こご》えて墜《お》つる雲の下《もと》
ただあぢきなきこの恨。

われは悲愁《かなしみ》つきがたく
沙《いさご》に僵《たふ》れ嘆くとき、
深きおもひもわたづみの
とよもしにこそかくれけれ。

わがあね、鶯、ほのかなる
ほほゑみほめて、世の人は
鳴く音しらべの汝がこゑに
愁ひ痛みも忘るべし。

われは迷へる海の精、
貝の殻《から》なる片葉《かたは》もて、

きのふぞ二人大神《ふたりおほがみ》に
捧《さゝ》げにけるを生薬《いくぐすり》、——

わが姉、鶯、なにすとて、
大虹《おほにじ》ふかき彩《あや》に照る
殻のさかづきうちすてて、
すてて惜まぬ歌の聲。

われは今なほ海の精、
汝《な》がゆくへをば思ひやり、
巖《いはほ》にのぼり、浪にぬれ、
夜もまた晝もかなしまむ。

鶯、鶯、わが姉よ、
春に遇ひたる樹間《このま》より、
しばしは荒き遠海《とほうみ》の
昔をしのびいでよかし。

われは朽ちゆく海の精、
なげきのこゑも消ゆるまを、
いよいよ春に時めきて
汝《な》がしらべこそ清からめ。

幻影

われただひとり佇《たたず》みて
聴けば寂しやささやきを、――
そは白き日の洩《も》らすなる
天《あめ》のささやき、遠海に。

幽《かす》かなれどもあきらかに、
しづかなれども燦《きら》めきて、
輝く天のささやきの

解《わ》きがたきかな、遠海に。

嗚呼高き虚空《そら》、遠き海、
際涯《はて》なきものの世にふたつ、
かたみにあぐる 盞《さかづき》に
光あふるる虹の色。

酌めるは何のうまざけぞ、
この世ならざる歡樂《よろこび》の
まよはし纏《まと》ふ眞白手《ましらて》に
祕めて釀《か》みけむ戀の酒。

眞晝《まひる》は滿ちてかがやけど、
誰か來りて白銀《しろがね》の
天のひかりのささやきを
かの遠うみに慕ひよる。

そのささやきを解《わ》きてこそ、

さてこそ星のいただきに、
かしこに百合の園ありて、
薫香《かをり》いかにと知るべけれ。

さてこそ、海は 翻《ひるが》へり、
潮《うしほ》は華とみだれちり、
ゆたかにうかぶ鹽漚《しほなわ》に
化《な》りしすがたも趁《お》ふべけれ。

幻影《まぼろし》なれば觸れがたく、
ただ華やかに身をめぐる、——
解《わ》きしは、さても知りつるは
何ぞ、いかなる祕事《ひめごと》ぞ。

さめてはすべて言ひがたし、
慕ふのみ、はた、忍ぶのみ、——
幻影《まぼろし》なれば移《うつ》ろひぬ、
眞晝もやがて傾きぬ。

今眼《め》に入れるかげ見れば
小甕《をがめ》は浪に燃え浮び、
甕のおもてはかがやきて
火もて描《ゑが》ける火の少女。

幻影《まぼろし》はげにここに盡き、
小甕は浪に沈むとき、
わが身――焰の琴の絃
火の小指《をゆび》もて誰か彈《ひ》くべき。

草わかばより

牡蠣の殼

牡蠣《かき》の殼《から》なる牡蠣の身の
かくもはてなき海にして
獨《ひと》りあやふく限ある
そのおもひこそ悲しけれ

身はこれ盲目《めしひ》すべもなく
巖《いはほ》のかげにねむれども
ねざむるままにおほうみの
潮《しほ》のみちひをおぼゆめり

いかに黎明《あさあけ》あさ汐《じほ》の
色しも淸くひたすとて

朽つるのみなる牡蠣の身の
あまりにせまき牡蠣の殼

たとへ夕づつ いと清き
光は浪の穗に照りて
遠野《とほの》が鴿《はと》の面影に
似たりとてはた何ならむ

痛《いた》ましきかなわたづみの
ふかきしらべのあやしみに
夜もまた晝もたへかねて
愁にとざす殼のやど

されど一度《ひとたび》あらし吹き
海の林のさくる日に
朽つるままなる牡蠣の身の
殼もなどかは碎《くだ》けざるべき

戀ぐさ

さにてはなきや昨日《きのふ》こそ
冬のあはれはこもりしか
古井《ふるゐ》のかげよ今日《けふ》はまた
追憶《おもひで》深き草の花

追憶ふかき草なれば
菫《すみれ》やさしくにほふなり
やさしく匂ふ花なれば
そのこころさへ慧《さと》からむ
されば知れりや歡樂《よろこび》の
泉にかかる琴のねを

ここには誰《たれ》ぞ弾《ひ》きすてて
世はすががきのみだれのみ

さてしも難《かた》きよろこびや
かくも忘れし祕《ひ》めごとや
いやまし人は嘆く日に
匂ひは深き花すみれ

常磐《ときは》の緑《みどり》葉をかさね
森の香いかに高くとも
汝《な》がにほはしのくちづけに
われはかへじよ花すみれ

神のこころはほのかにて
人知る際《きは》にあらねども
いくよ忘れし思ひさへ
ただこの花に忍ばるる

げに世は夢よ歡樂《よろこび》の
泉はつきてかへらねど
古井のかげの戀草《こひぐさ》に
なほ新しきにほひあらずや

ゆく春

いまだ葉守《はもり》の神わかく
枝うちかざし風呼べば
わかるる人もしばしとて
夏は樹蔭《こかげ》を慕ふらむ

さればきのふのわが春よ
草ひきむすびやすらひて
若葉《わかば》かがやくかげにこそ

過ぎし夜がたりつぐべけれ
潜《ひそ》むは何のこころぞや
その葉がくれの夢にだに
春よ消えにし花の面《おも》
淡げにのみも見えよかし

からたち

浪を劃《かぎ》りて磯濱《いそはま》に
乾《かわ》ける沙《すな》は誰《た》が置きし
へだつればこそ君が家《や》に
枳殼《からたち》の墻《かき》恨みしか
雨緑《あめみどり》野《の》に鳴り歇《や》みて

皐月《さつき》風なく日は蒸《む》しぬ
垣根いといとしめやかに
けふ枳殻の花一重《はなひとへ》

一重に白き花あはれ
一瓣《ひとよ》にこもる夢あはれ
身は卑《いや》しくて思ひのみ
繁《しげ》きわれにはなど似たる

われや佇《たたず》む夕まぐれ
嘆くと知れる君ならず
もとより門《かど》の枳殻の
花をし愛《め》づる君ならず

あまりある血をいたづらに
青葉の下に冷さむや
一たび君がにほひある
こころの底に染めてこそ

野路は戀路にあらねども

野路《のぢ》は戀路《こひぢ》にあらねども
野草《のぐさ》は熱《あつ》きあくがれに
みどりの夢のそのいきの
はげしく深き夏の野べ

かなたに消ゆる世のかげの
みだれはここにをさまりて
青《あを》野《の》花草《はなぐさ》日にとくる
白銀《しろがね》の音《ね》に似たりけり

光は高き洪水《おほみづ》に
この時ひとりただよへば

聲も傳へぬ深海《ふかうみ》の
小舟《をぶね》の身こそをかしけれ

かしこ港やいと淸き
おもひぞ泊《は》つる青葉かげ
かしこ盡きせぬ眞珠《しらたま》を
さぐるもよしや野のいづみ

戀ぢは野ぢにあらねども
なやみの草の夏しげき
かげにもなどや靜けさの
よろこび深き夢のなからむ

君や我や

海に來て戀をおもへば
わが戀はみだるるうしほ
君にゆき君にむかへば
わが身ただささみしきおもひ

わが情《なさけ》君がなさけに
ふたつもしくらべみるとき
いかでわが青沼《あをぬま》の水
君が野のいづみに如《し》かむ

南《みんなみ》の花の香《かをり》か
浪ひびく夢の小笛《をぶえ》か

君はこれにほひの身なり
君はまたしらべのすがた

われはまた樹《こ》の間《ま》の小鳥
君が眼《め》の空《そら》にかかれる
うるはしき瞳《ひとみ》の星の
色すめるかげをぞたのむ

かくてわが命《いのち》の甕《かめ》に
濁《にごり》汲《く》むひくき流《ながれ》も
君が戀ほのほはげしき
海《そら》にこそ注《そそ》ぎいでしか

君はまた常住《とは》のよろこび
緑なるつきせぬ廣野《ひろの》
その廣野君が狩くら
狩くらにわが身迷へり

わがなやみ君がよろこび
わが愁ひ君が琴のね
白銀《しろがね》の獵矢《さつや》を君は
小男鹿《さをじか》の痛手《いたで》ぞわれに

君が戀あまりに高く
黄昏《たそがれ》も知らぬ光や
浮雲《うきくも》のかげにもあはれ
たふれゆくわが身およばじ

問ふをやめよ

かがやきわたれる星のかの界《よ》
いづれの光もいと慕はし

さはあれひとへにわけてめづる
ゆかしき影こそ胸は照らせ

いろ彩《あや》ととなふ虹のごとく
そのかげ天《あめ》より地《つち》にわたり

すぎにし歡樂《よろこび》いにしうれひ
やすみの園生《そのふ》に夢をささそふ

かたらひ契りし少女の名に
夜《よ》ごとよびさます星は照らす

少女《をとめ》はうせしや墓《はか》はいづこ
わが星いづれと問ふをやめよ

可怜小汀

鷗に寄する歌

何とはなしにはてもなく
昔にかへるわが身かな
おもふはその日旅の空
すでに三歳《みとせ》を過ぎにけり

その日は海の夕まぐれ
わが船浪に漕《こ》ぎくれば
鷗つばさは白くして
ひとり汐《しほ》げの闇をゆく

苦吟《くぎん》あやめもわかぬ時
靈光《れいくわう》頭を射るごとく

鷗よはじめ汝《なれ》を見て
心竊《ひそ》かに驚きぬ

嗚呼塵染めぬ翅《つばさ》かげ
わが身を納《い》れよかくばかり
愁ひはさわぐ激浪《おほなみ》の
やみがたくしてすべぞなき

鷗よ行方《ゆくへ》遠からむ
消え去るかげを惜めども
可怜小汀《うましをばま》のいづかたを
汝《な》が戀ふとしも知らざりき

おもひはつきずある夜また
夢に潮《うしほ》の流れ來て
大海《おほうみ》とほくかぎりなき
そのはてをしも慕ひけり

可怜小汀か甲斐なくも
問ふはいくたびそもいづこ
八汐路《やしほぢ》難《かた》き沖の上
夢浮舟のするゑ悲し

鷗よかくてはてもなく
昔にかへるしばらくは
白き翅にさそはれて
胸ゆらぐこそあやしけれ

菱の實採るは誰家の子

菱《ひし》の實《み》とるは誰《た》が子ぞや
くろかみ風にみだれたる

菱の實とるは誰が子ぞや
ひとり浮びて古池《ふるいけ》に

鄙歌《ひなうた》のふしおもしろく
君なほざりにうたふめり

聲《こゑ》夢ごこちほそきとき
ききまどふこそをかしけれ

かごはみてりや秋深く
實《み》はさばかりにおほからじ

菱の葉のみは朽つれども
げに菱の實はおほからじ

かごはみたずや光なき
日は暮れてゆく短かさよ

なほなげかじなうらわかみ
なさけにもゆる君ならば

君や菱賣《う》る影清く
はしる市路《いちぢ》のゆふまぐれ

そのすがたをば憐《あはれ》みて
ああなど誰《たれ》かつらからむ

君がゑまひの花かげに
ふれなばおちむ實こそあれ

うるはしとおもふ實のひとつ
いつかこの身にこぼれけむ

旅ゆき迷ふわづらひも
しばしぞ今は忘らるる

あやしむなかれわれはただ
なさけのかげを慕ふのみ
さながらわれは若櫨《わかはじ》の
枝に來て鳴く小鳥《ことり》のみ

彩　雲

春うらわかき追憶《おもひで》に
空のこころもかすむ時
雲は流れて古歳《ふるとし》の
よろこびにこそかへるなれ
ああその影のいと淡き
光に榮《は》ゆるくろかみの

少女が櫛《くし》に匂ふごと
輕げにとくるすがたあり

ああそのかげの靜けさや
たとへば遠き海原《うなばら》に
小島《をじま》うかびてみゆるごと
愁《うれひ》にさわぐ浪の外

われや野の空うちあふぎ
いつか嘆《なげ》きを忘れけり
なげきよりこそ人沈《しづ》め
春の彩《あや》ある雲を見よ

さてしも情《なさけ》いと熱《あつ》き
胸のしろきにくらぶれば
げに觸《ふ》れがたきたのしみの
夢かよふなり春の雲

あくがれたちてながむれば
乳《ち》の江《え》をゆく船に似て
また見かへせばうまざけの
大海《おほうみ》にこそ浮びけれ

誰かおもはむこの時し
なかぞら高き紫の
雲ゆふまぐれ消え去りて
幻影《まぼろし》つひにたえむとは

榮《はえ》ある幸《さち》よゆくすゑを
おもひわづらふこともなく
雲もながれて古歳《ふるとし》の
よろこびにこそかへるなれ

高潮

曙のうた

漲《みなぎ》り披《ひら》く千重《ちへ》の浪
憊《つか》るる色は更になし
擁《いだ》くは勁《つよ》く張りし琴
音《おと》の高きに副《そ》へばなり

深き遠きを問はずして
胸によろづの聲を籠《こ》め
夜を傷《いた》みて夢おほき
人の世の岸洗ひ去る

曙に海鳴りわたれ
　鳴りわたれ海あけぼのに

磯うち湧きてあがり
溢《あふ》れて 沙《いさご》嚙《か》めよ

曉の星あふぎ見て
舒《の》びていざよふ雲の君
にほひ含《ふく》める唇に
讃《ほ》むるは朝の光なり

曉の空いと清く
明《あ》けゆく雲はやすらひて
彩ある榮《はえ》の光こそ
その胸にしもうつりけり

曙に風吹きかへせ
　吹きかへせ風あけぼのに
高きに光纒《まと》ひ
微《かす》かに淨《きよ》く拂へ

愁《うれひ》は谷の霧なれば
思ひは暗き澤《さは》がくれ
かなしみ細くいと苦《にが》き
小草《をぐさ》を把《と》りしわが身さへ

高潮《たかじほ》滿ちて繞《めぐ》りゆく
海のほとりによみがへり
雲は匂へる朝ぼらけ
生るる靈《たま》の幸想《さちおも》ふ

曙に海鳴りわたれ
鳴りわたれ海あけぼのに
豐《ゆた》かに遠く湛《たた》へ
流れて岸に觸《ふ》れよ

海に映《うつ》りつ輝きつ
雲あひ牽《ひ》きて影逐《お》へば
母なる地《つち》の歡樂《よろこび》に

塵もこの時また聖《きよ》し
流轉《るてん》よ暫時《しばし》たちかへり
翼《つばさ》收《をさ》めて虚空《そら》に見よ
野の花わかき髪に添ひ
森の香健《たけ》き胸に入る

曙に風吹きかへせ
　吹きかへせ風あけぼのに
極《はて》より極《はて》に過ぎて
天《あめ》より地《つち》に下りよ

＊　＊　＊

重《かさ》なる歳月《とき》は移《うつ》れども
忘られぬ日は稀《まれ》なりや
古來《こらい》の典籍《ふみ》を繙《ひもと》きて
世をば激《げき》せし蹤《あと》を見よ

無憂樹《むいうじゅ》の蔭華《かげはな》饒《おほ》く
馬槽《うまぶね》の邊《へ》に星照らす
嗚呼その法《のり》の曙の
光もいつか影斂《をさ》め
傷《いた》みてひとり嘆きつつ
懷疑《うたがひ》の途《みち》人走る

奔放《ほしいまゝ》なれかかる世や
熱慕《ねつぼ》情《なさけ》にただ嚮《むか》へ
微闇《ほのくら》き空いかばかり
雲華《はな》やかに染め來ずや
うち咽《むせ》ぶ海またここに
潮《うしほ》ふたたび滿《み》ち來ずや
然《さ》らずや高き遠き見て
明《あ》けゆく磯にわが立てば
この曙に白銀《しろがね》の
獵箭《さつや》弓弦《ゆづる》を斷《た》つがごと
雄々しき魂の生れいで

この曙に琴のねの
祝ひの歌を曳《ひ》くがごと
やさしき魂の聲あげむ
われ今清き曙に
色と香を慕ふ時
おのづからなる命《いのち》こそ
活《い》きて極《はて》なく流れゆけ
響は浪に高くたち
光は雲に靆《たなび》きて
嗚呼この清き曙に
風吹きかへせ浪鳴りわたれ

(明治三十五年一月刊)

有明集以後

鸚鵡

なよらかに深き日ざしの香《か》の淀《よど》み、――
夢かのここち、羽《は》づくろひまどろむ鳥よ、
あはれ、あはれ、われは愛《め》で痴《し》る、無言《むごん》なる
鸚鵡《あうむ》の胸のふくらみを、嘴《はし》のまがりを。

緑濃《みどりこ》く塗《ぬ》りたる籠《かご》をけざやかに、
音《おと》にもたてず、溫き雪のつばさや、
かくてこそ思へ、寂《さび》しきとまり木《ぎ》に、
惑はぬ鳥のいひしらぬこころにくさを、
歡《よろこ》びのつばさも疊《たゝ》むあきらめか、
はた思《おも》ひ出《で》の森のおく靜《しづ》にたどるか、
頭垂《かうべた》れ、つぶらの眼《まなこ》まじろかず、

眞白《ましろ》の衣《きぬ》のゐずまひに衿《ほこり》をしめす。

しかはあれ、物かげ燻《く》ゆる夕《ゆふ》まぐれ、
うつたへに胸も張《は》り裂《さ》けむ聲振《ふ》りしぼる、
そがゆゑに、なほ愛《め》で痴《し》れぬ、いや深き
夜《よる》の無言《むごん》に入りぬべき白き鸚鵡を。

途上

歩《あゆ》みなれたる路《みち》なれど、路のまがりの
角《かど》に立ち、惑ひぬ、深くあやしみぬ、
光と影よ、たまゆらの胸のおののき、
夢みつる夢ぞゆくてに浮びぬる。

光と影の戯れに描《ゑが》ける夢か、

わが靈《たま》はわが肉村《ししむら》の壇《だん》のうへ、
聲も顫《ふる》へて、いみじくも歌ひ出でぬれ、
路のべの木々の瑞葉《みづは》もさやさやと、

夢は夢なり、忽に滅《き》えてこそゆけ、
殘れるは胸のおののき眼《め》の惑ひ、
風に流れて幻《まぼろし》は浮ぶとすれど、
おぼつかな、光と影は悲しみぬ。

灰白《はいじろ》みたる墻《かき》の壁《かべ》ながくつづきて、
鎖《とざ》されし門《かど》の扉《とびら》に黑鐵《くろがね》の
朽ちて錆《さ》びたる痕《あと》のなど眼《め》にもふるるや、
わが胸の淵《ふち》には沈む鍵《かぎ》の夢。

何處《いづく》ともなく聞ゆるは、たづたづしくも、
現實《げんじつ》の譜《ふ》をばたどれる樂《がく》のおと、——
あやも失《う》せたる寂寥《せきれう》の囚屋《ひとや》に起り、
波だちて、吐息《といき》を墜《お》つる樂のおと。

冷血と倦怠

蛇《へび》は、今、脇腹《わきばら》の赤ぐろきその斑紋《はんもん》を、
自《みづから》の身をたまさぐり、くるめかしつつ、
生氣《せいき》なき草の縺《もつ》れと絡《から》みあふ膚《はだ》の鱗《いろこ》に、
濕熱《しつねつ》の醱酵《はつかう》を、日の毒を、耽《ふけ》り樂しむ。

蛇はまた瑠璃《るり》の瞳《ひとみ》を徐《おもむろ》に見据《みす》ゑたり、
阿芙蓉《あふよう》のとろの夢こまやかに味ふがごと、
いつもいつも陰氣《いんき》にとざす大地《おほつち》の深き私語《さゝめごと》、
星體《せいたい》の人知れぬ淫蕩《いんたう》に聞き惚《ほゝ》けぬるか。

その瞳《ひとみ》冷やかに、ある時は豫言者のごと、
ある時は生《せい》の無智、兇惡《きようあく》の夢の香《か》やどし、

蛇はかくて熱き野の倦《うん》じたる草の眠《ねぶり》に、
微《かす》かなる戰《おのゝ》きを傳へつつ蜒《うね》りうねりぬ。

われとわが冷血《れいけつ》の身を所在《しよざい》なく弄びぬる、
あはれ、その物哀《ものかな》しさよ、かかる野のかかる眞晝《まひる》の
迷眩《めいげん》の物哀《ものがな》しさよ、怯《おび》えたる蟲は啼《な》きやみ、
遠方《をちかた》の家畜《かちく》の呻《うめ》き、——それのみぞ雲に蒸《む》し入る。

或る日の印象

蒸《む》しいきむ風景《ふうけい》よ、小流《こながれ》の水脈《みを》を傳ひて、
とろとろに爛《たゞ》れたる銅《あかがね》の湯はながれゆき、
その岸に傴僂《せむし》なる身を伸《の》して童《わらべ》のひとり——
素裸《すはだか》のあばら骨《ぼね》日に痿《な》えて高熱《かうねつ》を病《や》む。

その童《わらべ》、石綿《いしわた》のたもを手にやをらさしのべ、
とろみたる銅《あかゞね》の水底《みなそこ》をかい探《さぐ》りつゝ、
蒼《あを》びれし太陽を魚のごとすくひすくへる、
いつ迄《まで》と果《はて》しなし、無益《むやく》なる無言《むごん》のたはぶれ。

空《そら》見れば、この夕、人間《にんげん》の屍《しかばね》を焼く、
白く黄に、灰汁《あく》のごと濁りたる煙《けぶり》ますぐに、
工場《こうば》にもありぬべき赤煉瓦ただぐらぐらと、
酔ひ痴《し》れし烟突《えんとつ》の吐く煙《けぶり》、直《す》ぐに眞直《ます》ぐに、

虚《うつ》ろなる殿堂のたわいなきその圓柱《まるばしら》、——
世はあはれ唖《をし》となり、銅《あかがね》の流《ながれ》をりをり、
金光《きんくわう》を放《はな》つとき、闇の香《か》の迫《せま》るも知らで、
軟骨《なんこつ》の童のみ落日《らくじつ》の骸《むくろ》をさぐる。

旅中漫興

紺《こん》にほふ法被《はっぴ》の襟の天鵞絨《はろうど》に
時計のくさりかがやかす若《わか》き馭者《ぎよしや》、
をりふしは口笛《くちぶえ》氣どり、眞鍮《しんちゆう》の
喇叭《らっぱ》の調《てう》の呼息《いき》ながく、
山路《やまぢ》を駈《かけ》る旅の馬車。

軒先《のきさき》ふかくぐもれる山の宿《しゆく》、
はげしき夏のひかりにも
をぐらき冬をおもはせて、
人げもあらぬ家並《いへな》みを
鬱憂《うついう》の雪くろずむけはひ。

振りかへり見る若き馭者、若き眼《まな》ざし、
けざやかに青みかがれる天鵞絨の
襟にきらめく銀ぐさり、
ほほゑみ顏に口笛をまた吹き鳴らす。

宿《しゆく》のはづれを鍵《かぎ》の手《て》に曲《まが》りて出づる
だらだらの坂のもとにて、曳馬《ひきうま》に
くるる一鞭《ひとむち》、恐ろしき驅《かけ》の踴躍《ゆやく》や、
路傍《みちばた》の鵞鳥《がてう》あやうくなだれゆく
眞白の羽《はね》の叫《さけ》びごゑ。

山にかくれて埋《うづ》もるる山の宿《しゆく》〳〵、
さながらに黑く歪《ひづ》める菩提子《ぼだいず》の
念珠《ねんじゆ》の聯《つら》ねおもはせて、
過《す》がひて來つれ旅の馬車。

峠《たうげ》の麓《ふもと》、終《はて》の宿《しゆく》、——ああ天鵞絨の
青みたる襟に垂れたる銀ぐさり、——

馬はたゆげにうなだれぬ、
黃昏《たそがれ》ふかき旅籠屋《はたごや》は
疲《つか》れと、暗《くら》き眠《ねぶり》とを
さそひ引《ひ》くべき癈滅の
伽藍《がらん》めいたる香《か》の古《ふる》び、
たとしへもなき侘《わび》しさぞ心に逼《せま》る。

（木曾の旅にて）

有田皿山にて

日の熱さ、——こは南國《なんごく》の眞晝《まひる》どき、
烈しき土の
燃え黃ばみ、眼《め》を射るかげに、
浮びぬる蒼白《あをじろ》きほほゐまひ。

疲れてあはれ、
精魂《せいこん》も盡きぬる熱さ、——
南國の磁器《じき》の町の香《か》、うつたへに、
眼《め》より指より膚《はだへ》より染々《しみぐ》と流れ入る。

しかすがに燃え黄ばむ土のくるめき、
夏の日のい照るが中に
ほのかなる影をまじへて、
つばくらめ、
音《おと》もなくひるがへす
紫紺《しこん》のつばさ。

礦《いし》を舂《つ》く水車《すゐしや》のひびき、
時を隔《お》き、——見よ、青空《あをぞら》にわきのぼる
かの灰色の雲の層《かさ》。——また時を隔《お》き、
物うげに鈍くひびくよ。

おぼゆるはあきなひの

町なかに人の世の旅の寂しさ、
煤《すゝ》ぐろき窓にうかびて
皮肉なる工女のおもの
まなざしのくらきおののき、——
またも見る蒼白《あをじろ》きうすわらひ。

かくて今、——たちかへり、
また、たちかへり、
音《おと》もなく飛びちがふ
つばくらめ。——

かくて今、何故に、かくぞとは思ひわかねど、
われは聴く、花がめに、
盞《さかづき》に、つやめき照らす細藥《うはぐすり》、
琺瑯《ほふらう》の肌《はだ》に溶《と》け入《い》り、
染《し》み透《とほ》る愁ひの麝《じや》の香《か》、
歡樂《くわんらく》の夢にまじはりしめやかに、
いとせめて、薫《くゆ》りあふ呉須《ごす》のにほひを。

甲府盆地を眺めて

來《こ》む代《よ》の、はた過《す》ぎし代《よ》の
交《か》はし組《く》む夢のくゆり香《が》、
淡緑《たんりよく》と金《きん》の調和に醉ひしれて、
うつつなや、初夏《はつなつ》のおごりのけしき。

いひ知らぬ思ひはうかぶ、
金《きん》の雨おともなくこぼれおち、
眼《め》もあやに見えがくれする川の面《も》は、
眞珠《しんじゆ》のいろに。

官能の衰《おとろ》へか、惑《まど》ひか、あはれ、ただに聞け、

（有田皿山）

寂《さび》れたる魂《たま》の香《か》ともつれあひつつ、
虹の影濃藍《のうらん》にいや蒸して、
夏の日の光ひた吸《す》ふ雲の樂音《がくおん》。

迷眩

熱《ねつ》のきざしに汗ばめる
額《ひたへ》をふれて、何ものか
ひそかに呼息《いき》す、――ためいきの
暗くつめたきひとしづく。

一室《ひとま》は深き影の寂《さ》び、
もののおののき、底《そこ》の冷《ひ》え、
ひねもす曇るわびしさを
窓の玻璃《がらす》に倦《う》みはてぬ。

枕のもとを見かへれば、
らうがはしくもうち散らす
そがなかにしも薬《くすり》の壜《びん》、
事もなげにぞうづくまる。

疲れうみぬる迷眩《めいげん》の
刹那《せつな》を、またも、何ものか、
額に呼息《いき》す、ひえびえと
一室《ひとま》は深き影の寂《さ》び。

うつらうつらの夢ごこち、
夢のそらにもなほ薫《くん》ず、
含嗽《うがい》ぐすりのふらすこの
青味《あをみ》にうかぶ薄荷《めぐさ》の香。

ああ曇り日の窓玻璃《まどがらす》、
ひかりはささず、町なかの

濁れる音《おと》を淀《よど》まして、
肩の痛《いた》みにひびき入る。
藥の壜《びん》を手にとれば、
うつろの窓を射かへしぬ、
うがひぐすりのふらすこの
青みに浮ぶ薄荷《めぐさ》の香《か》。

渇望

たそがれの色はおぼろに
一室《ひとま》なる調度《てうど》にくゆり、
そが中にわがたましひの
愛《め》づる書默《ふみもだ》しうづくまる。

いたづきを養ふあるじ、
われ病《や》めり、一室《ひとま》はかくて
彩《あや》もなき妄念《まうねん》の塵
うすぐらきかけに沈みぬ。

今おぼゆ、肉の衰《おとろ》へ、
脈搏《みやくはく》の深き嘆きを、
またおぼゆ、わが身、わが魂《たま》、
限りなき渇《かは》きを切《せち》に。

生命《いのち》の香《か》、ああその香《か》こそ
ひそやかに忍び入りぬれ、
（燈火《ともしび》を誰《たれ》かともせる。）
わが戀ふる切《せち》なる望《のぞ》み。

青き瓶《かめ》、花の薔薇《さうび》は
燈火《ともしび》に照りてもあれな、
わびしかる花のにほひや、——

生命《いのち》の香《か》、あはれいづくに。
外の面《も》には嵐《あらし》の叫《さけ》び、
霜の聲。――われは渇《かは》きぬ、
癒《い》えがての病《やまひ》の夜《よる》を
わが戀ふる切《せち》なる望み。

凶　徴

かすかなる樂《がく》のしらべは
うす青き光の尾《を》をば
曳《ひ》きつつぞかなたに滅《き》えぬ、
われは逐《お》ふ、光のあとを。
呼息《いき》くゆる荒酒《あらみき》は、今、

黄玉《わうぎよく》と凝《こ》りて流れず、——
かがやきぬ、——それのみぞ、——わが
唇は酔《ゑ》ひを夢みぬ。

爐《ろ》に燃ゆる百合《ゆり》のにほひを、
闇に墜《お》つる魂《たま》の嘆きを、
砕《くだ》け散る念珠《ねんじゆ》の星を、
われは、また、わが身に痛む。

物《もの》なべてかたちを變《か》へて
滅《き》え失《う》するしじまのかげを、
饐《す》えて、ただ淀める水の
香《か》に咽《むせ》ぶ不安のおもひ。

戸《と》をたたく人もあれなと、
おびえつつ、なほもねがへり、
かかる時、うつろの室《むろ》に
われひとり——ああ、われ病みぬ。

幻覺

病《やまひ》を痛むめざとさに、
二朝《ふたあさ》、三朝《みあさ》、とほく聞く
大河《おほかは》ばたの船の笛《ふえ》、——
今朝《けさ》もつたへぬ、あかつきに。

けうとき響《ひゞき》、濁《だ》みぶとの
聲をふるはす船の笛、
しづまり沈む町中《まちなか》の
闇にこもりて、朝まだき。

病めるわが身の病める魂《たま》、
怖《おそ》れをひきぬ、にごりたる

聲の底《そこ》なるいましめや、
呼息《いき》も苦しき船の笛。

火塵《ひのこ》をみだす黒けぶり、
眼《め》にこそ浮べ、船室《せんしつ》に
倦《う》める火《ほ》かけの色ただれ、
深くしづめる河の靄《もや》。

今、桟橋《さんばし》を一群《いちぐん》の
おぼろのすがたひそめきて
船に移《うつ》りぬ、河の面《も》に
火塵《ひのこ》を滅《しめ》す黒き靄。

熱《ねつ》になやめる節《ふし》ぶしの
痛みにまじる 幻《まぼろし》は
おぼろにうづく、また更に
けうとげなりや船の笛。

日《ひ》の眼《め》をよけて、一群は
ひそめきあひて、いづくへか
去《い》ぬる、――死《し》の船、ひたひたと
潮《うしを》は寄せぬ、なまぐさく。

その乗合《のりあひ》にもとむれば
わが身の影もまじるらむ、
熱《ねつ》になやめるふしぶしの
痛みにこもる黒き靄。

ただ眼《ま》のあたり火塵《ひのこ》散り、
機關《きくわん》の聲高まりぬ、
かいだゆき手をさしのべて
わが身の影をわれは呼《よ》ぶ。

古塔

悩《なや》み吸《す》ふくちづけの
わびしかる音《おと》の嘆《なげ》かひ、
膚《はだえ》には沁《し》むあをじろき影の笛のね、
淫《たは》けたるながき吐息《といき》に。

あな、あな、かかるをり、
わが額《ぬか》のうへ、
なまぬるきしづくしたたる、——
灰いろのしづくの痛み。

かくてまた鬱憂《うついう》の
狭霧《さぎり》の中を、

蒸《む》してにほへる塔《たふ》のかげ、
たましひの伽藍《がらん》は滅えて……

わが額《ぬか》のうへ、灰いろの痛み隙《ひま》なし、
塔も將《は》た溺《おぼ》れゆく霧の蒸《む》し香《か》に
しみじみとおぼゆるは、
露盤《ろばん》の錆《さ》びの緑青《ろくじやう》の古《ふる》きかなしみ。

綠の印象

古《ふる》き古き思《おも》ひ出《で》のあなたに、いつしか
忘られたる綠《みどり》の
印象《いんしやう》よ、めしひぬる
おぼろの薄膜《うすかは》のあなたに。

遠《とほ》ぐもり淀《よど》める
空氣《くうき》のえもわかぬ
感觸《かんしよく》のうすあかり、——
その奥にこもれる綠は咽び泣く。

森のわか葉、
廣野《ひろの》の草《くさ》の啜泣《すゝりな》き、——さにあらず、
忘られたる古きおもひでの
ただにうら悲し。

わかく素直《すなほ》なる綠の古き印象よ、
おぼろなる影は浮ぶ、花か——
淡白《あはじろ》きにほひにまじり、かすかにも
うるほふ綠の涙。

むせびね

たそがれわたる咽《むせ》び音《ね》……
こころのかげにしのびいるは
にほひしめやぐ
物のけはひ。

ゆらめくたそがれの
むせびね、——色萎《な》ゆる
くちづけのふかきしじまを、いま、
さながらにおぼえぬる。

いまはのはての雲の歌、
泣きぬるる落葉《おちば》のうれひ、

ゆらめくたそがれのむせびねに
蒼《あを》みゆくわがおもひ。

樂音

見えぬおもひはえ知れざる
夢のふかみにうち惱《なや》む……
君よ、ギオロンの弓を曳《ひ》く手に
疲れたる懶《ものう》さを、われは聽く。

ああ、ギオロンはすすり泣く……
弓とともに顫《ふる》ふ手の、いみじき
小指《をゆび》の尖《さき》と波だつ弓の端《はし》に、いま、
窓を洩《も》るる夕日《ゆふひ》のくちづけ。

うすみどりなる一室《ひとま》に
ヰオロンは、はや音《おと》もなし、ゆふづく日の
滅《き》えてゆくそのひらめきを
われは趁《お》ふ、君が眼《め》に、君が唇に。

ヰオロンはにほふよ……

海

日にきらめける濱べの
砂山《すなやま》の單調《たんてう》に
身ひとつを悲しむ思ひは
いつとなく倦み疲る。

たゆげの浪の歎きの

呼息《いき》づかひよ、夢のふかみに、
をみなの白き腕《かいな》の、わが胸を
壓《お》しぬるその夢を、今、思ひ出づ。

眞白くも砕くる
浪のかげにくゆりそふ
底知れぬ海の
をぐらき呼息《いき》の香よ。

烈しき夏の日の光……眼《め》も眩《くら》むかな、
海は、あな、紺青《こんじやう》の落葉のゆらめき、
誰《たれ》か知る、そが中に溺《おぼ》るるものの
きはみなくも、またいみじき愁ひを。

水禽

しづやかに波だたぬ
池の水底《みなぞこ》に映《うつ》れる
をぐらき樹々《きぎ》のいのちなき
影のわびしさ。

かかる眺《なが》めには、わが胸、
ひしと嘆かるるや、——あな、
つめたき池の水のおもを
蒼白《あをじろ》みたる光ぞ咽ぶ。

いともすさまじく、
さなり、にほひもあらぬわが夢よ——

寂《さ》びたる冬の池を、胸毛《むなげ》ましろに、
水禽《みづとり》はしづかに眠る。

嘆かるる深きおもひ……
霙《みぞれ》は、今、池の面に、しづれおつれど、
うかびてみじろがぬ
水禽《みづとり》の夢見ごこち。

印象

雨を催《もよお》す夕暮の
重《おも》たき空《そら》に漲《みなぎ》れる
死色《しにいろ》の雲と、その雲の影を映《うつ》して
流れゆく小暗《をぐら》き河と……

頭《かしら》のうへを、今、
たそがれの鳥ぞ羽ばたき過《す》ぐる、——
わが深き心の面《おも》に黒き斑點《しみ》、
ふと落ちし黒き鳥の影の斑點《しみ》、……

滅《け》しがたし、ああ……
癒《いや》しがたし、哀《かな》しき胸の思ひは……
暗き流れは吸《す》ふよ、ひた吸ふよ、河沿《かはそ》ひの
小家《こや》に點《とも》りてものうげに嘆く灯影《ほかげ》を、……

灰いろにうち架《わた》し、古びたる
橋の欄干《てすり》に
もたるる人の姿、その彼方《かなた》には
むやひたる船の帆柱《ほばしら》のさびしうも……

ああ……、わが深き心の面《おも》に
羽ばたきめぐる黒き斑點《しみ》、聲もなく……
重《おも》たき額《ひたへ》を撲《う》つは、この時、

つめたく、まばらなる雨のしづく……

神ほぎ

晴れわたりたる秋の
空《そら》のいろのみづあさぎに
（今日《けふ》はしも都の空もやはらげる。）
映《うつ》ろふ銀杏《いてふ》の樹々《きぎ》。
浄《きよ》く、すなほなる銀杏《いてふ》の
さらにまたすぐれたるそのよそほひに、
えも言ひがたき
秋の葉のあはきこがねのひかり。
わがこころ――都會《とくわい》の

いたましき刺戟《しげき》につかれたる
甲斐《かい》なきこころは、今、忍び泣く、
毒《どく》ある不安の麻痺《まひ》にひたりつつも。

け高《だか》き玄妙《げんめう》の、あはれ、
秋の葉に、日のしづやかに照らせは、
こがねのひかりのなかにうちしぶく
吹上《ふきあげ》の水の聲をのむ姿かとばかり。

靜かなり——ああ、悲し、悲し、
銀杏《いてふ》はただ日にかがやく、
灰いろの壁のうしろに、
古びたる 精舎《しやうじや》の家根のうしろに。

明星

わがたましひは、今もなほ、
妄執《もうしふ》の波をかつぎてねぶりたる、
ねぶりたるたましひと思ひしに、こはまた、
死《し》のごとも青き眼《め》をばみひらきて。

わがたましひは、ひるひなか、よるよなか、
たえず夢幻の酒にひたりて、
永遠を刹那々々に追ひすがりつつ、
手にもとまらぬ盞《さかづき》の色と影とを愛したり。

わがたましひは死《し》のごとも青き眼《め》に
この暁《あかつき》をおもひやり、空《そら》のひんがしに、

みどりと金《きん》の、明星《みやうじやう》を創《つく》り出で、
そが光にわが愛慾の胸をかがやかす。

明星よ、わが空想の綠と金のつばさに
たましひの沈黙《ちんもく》をつつみたる光の鳥よ、
菩提樹下《ぼだいじゆげ》なる如來の禪悦《せんえつ》はえもはからず、
迦葉尊者《かしやうそんじや》の微笑《みしやう》だに知りもおよばず。

さもあれ、明星よ、いともまどはしき
汝《なれ》が光の中にわがたましひは育《はぐく》まれ、
啞《おし》となりたるたましひの無言《むごん》の歌は
幻の酒の流轉《るてん》の樂《がく》のねに溶《と》けてぞゆかむ。

あなうち土《つち》をふまず、妻《め》をもさらず、
時には自我《じが》の王《わう》となり、はた官能《くわんのう》の奴《やつこ》となれども、
そは空《くう》の空《くう》のみ、如来よ、わがたましひは、
しかすがに綠と金の星をば創《つく》りいでたり。

痲痺と誘惑

あの蒼《あを》ざめた冷《つめ》たい靄《もや》がどこからか湧いて來て
落葉《おちば》し盡《つく》した欅《けやき》の森のかぼそい枝々が
灰色の痲痺《まひ》の歌をうたつてゐる。

もう日が暮れるのか、蒼ざめた靄のおく、
痛ましい欅の枝々をすいて、日輪《にちりん》が
孤獨《こどく》な朱《しゆ》の色に惱みながら落ちてゆく、

日は落ちてゆく、落ちてゆく、おもむろに、
さあれ瞬《またた》くひまに、くるめき、くづをれて、
蒼い冷《つめ》たい靄の中に、朱の影が落ちてゆく。

この時、わが胸には不思議な幻感《げんかん》が
黑と金との綾織《あやをり》の帷《とばり》をそよろと垂れて、
華《はな》やかな樂器《がつき》で挽歌《ばんか》の節《ふし》を彈《ひ》くけはひがする。

もう日が暮れる、あの蒼ざめた誘惑《いうわく》が
冷たい靄の底に、臘《らふ》の膚《はだへ》のなま白い、
穴に籠《こも》つた蛇の女の眠《ねぶり》を暗示する。

青い盞《さかづき》に芳《かんば》しいうゐきやうの酒を盛《も》り、
冷たい快樂《けらく》を蛇の膚に孵《かへ》す暗示の惱ましさよ、
日の暮れがたを、噫、誘惑の絃《いと》に死《し》の歌がよみがへる。

破滅

壞《くづ》れた月がぼんやりと空《そら》を踉《よろ》めく、

赤みざした黄ろい月影《つきかげ》が夜《よ》なかすぎの
さびしい街《まち》の並木の枝にもつれかかる。

なまぬるい風が、今、そつと通《とほ》つてゆく、
それはものも言はずに、よしもない淫樂の
夢に耽《ふけ》つて、悶《もだ》え苦しむ吐息《といき》のやうに。

物かげからは蒼白《あをじろ》い紙の屑《くづ》が——おびえた
小鳥か——濕《しめ》つぽい敷石《しきいし》の上をひそやかに、
廢《すた》れものの衰へた聲で嘆き、轉《まろ》ぶ。

埃《ほこり》がたつ、——夜《よ》なかすぎの貧血の街《まち》なかを、
腥《なまぐさ》い埃の幻が月の光に黄ばんでは滅《き》える、
人通《ひととほ》りは絶えたが肉の香《か》の饐《す》えた街なかを。

そして、そこには瓦斯《がす》が無益《むやく》に燃えてゐる、
絶えず輕い地震が搖《ゆ》つてゐるやうに顫《ふる》へて、
無益《むやく》であるからに何《なに》とはなく凄《すさま》じく。

然《さ》うだ、不測の災厄《さいやく》が、破滅が、何時《いつ》？今？
寝静《ねしづ》まつたのではなくて呼息《いき》を殺した
夜《よる》の街を襲《おそ》はうとしてためらつてゐる。

ぼんやりした空《そら》に溶《と》ける黒い家《や》の棟《むね》、
ああ夜《よる》の音《おと》――頼《たよ》りない神經が、この時、
奏《かな》でたのは濃《こ》い血をすすり盡した接吻《くちづけ》の響《ひゞき》。

破滅の酒に醉つて赤みざした月が空《そら》に踉《よろ》めく、
疲れた空に、――人間《にんげん》の街は寝《ね》おびれる、――
壁にもたれた淫《たは》れ女《め》の薄青い笑ひ聲、……

いつ月が眩《くる》めき倒れて、
いつ夜《よ》が明《あ》けるやら？

冬の田園情調

からりと晴れた空《そら》から、
白い光が降《ふ》りそそいで、そして
青みがかつた霜が融《と》けて、
あぶらづいた土《つち》の暗紫色《あんししよく》。

畠《はたけ》には麥の若芽《わかめ》が、
冬ながらに、純綠《じゆんりよく》の顫《ふる》へごゑ、
そが中で華奢《きやしや》な白猫《しろねこ》が、おどおどと、
柔らかな脇腹《わきばら》で呼吸《いき》をする。

畠のむかうは疎《まば》らなからたち垣、
その垣の外《そと》はといへば、

今もなほ古風《こふう》な大師詣《だいしまゐり》のほこり路、――
それで時をり鈴《りん》のねが鳴る。

靜かなあたまに白い光が照りかへし、
頸《くび》にかけた大きな珠數もきらめく、
札所《ふだしよ》のうたの、あのねぶたげな節《ふし》まに
わかい女の聲もする。

女の顔

かなしい、かなしい女の顔、
影のやうなかなしみがそのまつげを、
ぬらし、うるほし、おぼらした。
女よ、なんでこんなに寂しい道を、
うんめいの道をゆくのか、ひとりで。

あだなあきらめがその唇に、
淡いほほゑみのかげをのぼした、
でも、でも、かなしい女の顔、
（ざんにんなわが心のえじきよ。）
運命の絃《いと》にうすい命《いのち》の小唄。

ざんにんなわがこころは、女の
あきらめた最後《さいご》の媚《こび》をさいなみ
血のいろのどこかに殘る花びらを
ひとつひとつ碎いてはその香《か》に醉ふ、――
むしろねたましい女の顔。

白い夢の通夜

白い月がしくしく泣いて、
白い夢が海のうへを
しのびあしでとほりすぎる、
やはらかな波に
白い月がしくしく泣いてゐる。

時をり、ほのぐらい海の
くちづけのおとが洩れてくる、――
白い夢の中から、ゆらめいて、
やはらかな沙にはひ寄る
かなしい海のさざめきよ。

人も、人の戀も、
戀につかれたおもひも、ひとつに、
白い夢の通夜《つや》をまもつてゐる、——
なぜかといふのか、女よ。
白い月がしくしく泣いてゐる、
それつきり、あ、それつきり。

夜曲

青い靄がしつとりと降《お》りて、沈んで、
橋の袂《たもと》の人影《ひとかげ》も、ひらめく灯《ほ》かげも、
をんな氣のやるせない嘆きを絃《いと》に聞く
そのやうに、みんなうるんだ色を帯び。

晝のあつさが冷《さ》めてゆく河岸《かし》のゆふべ、

おほ雨あがり、みなぎりわたる川のおも、
猪牙《ちよき》のかげさへ見えぬ流れのひろさ、――
あれ、萠葱《もえぎ》の月が柔《やは》らかな光にけむる。

うつろひやすい、あだな、せつない夜の曲、
襟をつくろふ細い手が、ほのめいて匂《にほ》ふ間に、
青貝《あをがひ》のやうに、銀簪《ぎんかん》がきらめいたかと思ふ間に、
どこへ滅《き》えてゆくのか、そのひと節《ふし》は。

雪　景

戀をそそる待宵草《まつよひぐさ》のほのかな黄と
失神《しつしん》した玉簪花《ぎぼうし》の靑と紫と
日なたと陰《かげ》と斑紋《はんもん》と縞《しま》とに
一面《いちめん》の雪は霧とかげろふとの絨氈《じゆうせん》。

疲れた七寶《しつほう》のゆらめく光彩、
なまこ藥《ぐすり》のうるほふ陶器《たうき》の膚《はだへ》、
おぱあるの海、　蛇《へび》の眼《め》の緑の反映、
泡だつ淵瀬《ふちせ》をくもらす鹿の血しほ。

そこにはまた湯氣《ゆげ》に蒸《む》しかへされた
女の素肌《すはだ》の恍惚たる哀《かな》しみと
死《し》の須彌壇《しゆみだん》を照らす燭《しよく》の火の
皮肉な物凄《ものすご》い異様なひらめき。

一面《いちめん》の雪は褪《あ》せてゆく金《きん》の霧と
呼息《いき》をひきとる紫のかげろふ、
うちつづく畑《はた》のうねりの無限の列《れつ》は
昏倒《こんたう》する尼僧《にそう》の禮讃《らいさん》の韻律。

切りたてた光の壁、　烈しいその一撃《いちげき》、
燃ゆる地獄の暗黒にわが眼《め》はくらみ、

うちのめされたわが魂《たましひ》の痍《きず》あとは
冷刻な烙印《やきいん》のただれた朱《しゆ》のくちづけ。

狂　想

熱《ねつ》しただれたあかがねの粉末《ふんまつ》、
疲れいきむ灰の野原《のはら》、
乾《かは》いた海に非實《ひじつ》の破船《はせん》、——
人人《ひとびと》よ、そこに擁《いだ》け、夢幻《むげん》の胎盤骨《たいばんこつ》を。

頰《ほほ》を——見よ、不定《ふぢやう》の灰の頰を
紫の瘡《きず》あとから滲《にじ》み出《で》るわらひ、
暗緑色の刺《とげ》からさいた花、
怨恨《えんこん》の灰が積《つも》りに積る。

ただ執着《しふちやく》に生きる記憶、
崩れあひ、亂れあふ無智の更紗《さらさ》、
解體《かいたい》した埃《ほこり》の原——そはあはれ、
おびただしい颶風の殿堂。

そこにまた畸形《きけい》の耳を聽け、
劫《こう》のちからに捩《ねぢ》れゆがむ耳の螺旋《らせん》を、
不可思議の諧和を、ただ聽きに聽け、
人々よ、さて味へ、あかがねの眼《め》を。

高熱《かうねつ》の埃にまみれた野原《のはら》、
乾いた心《しん》の臟《ざう》の大海《たいかい》に
今ぞ灰だつ血液《けつえき》の滿潮《まんてう》——
誰《たれ》か反芻《これが》む、海豹《あざらし》の影のわらひを。

鱗雲

恐ろしいちからで虚空《こくう》を押移る鱗雲《うろこぐも》、
西から東へ沈默《ちんもく》の颶風《ぐふう》が歩む、
進み、躍り、飛ぶ、さあれ、ただ押移る、
其處《そこ》には無礙《むげ》の混雜と不定《ふぢやう》の整調、
鵠《かう》の鳥の光明の胸毛《むなげ》——その斷片《だんぺん》、
見えざるちからはいつも斷片を溺愛《できあい》し、
戀ひ焦れ、引裂き、うち捞《むし》り、統合す、——
殘酷な莊嚴《しやうごん》、そしてまた陶醉《たうすゐ》の妙音、
眞我の極《はて》へ、中心へ、虚空を押移り、
無數の雲の鱗がひたすらに燃えてゆく。

しばらくも止《とど》まらぬその開展と集中、——

無限はただ無盡にありて妙《たへ》なる眼《まなこ》を睜《みは》る、
洪水《おほみづ》の海と雪なだれの谿《たに》の底に、
しかも見よ、玻璃《はり》の窓を、暫時《ざんじ》の溫室を、
曇つた光に青く蒸《む》れた魂《たましひ》を、
倦怠《けんたい》の夢と無暴な雜念《ぞうねん》の氣ぜはしい羽音《はおと》に、
その頭《かしら》、その胸、その全身を惱まし、
自《みづか》らを無智の獄卒《ごくそつ》、妄執《まうしふ》の罪人《つみびと》として、
透《す》き徹《とほ》る牢獄《らうごく》の壁をみつむる魂《たましひ》を、
洪水《おほみづ》の谿《たに》と雪なだれの海の底に。

見るからに苔蒸す玻璃の窓、
かすんだ光の雨が蒼白《あをじろ》く降る中を、
天體と日輪を模擬《もぎ》した草の花から、
蕊《すゐ》の粉《こ》の金《きん》の隕石《いんせき》が靜かにとどろく、——
世紀の黴《かび》のにほひ、愛着《あいちやく》のうつり香、——
わが魂《たましひ》は苔蒸す玻璃に飢ゑて、
わが手は青さびた牢獄の壁をさぐる、——
沈默の颶風と殘酷な莊嚴、

眞我の極《はて》へ鱗雲《うろこぐも》が押移る。

わが眼

わが眼《め》——自信の緑の膏《あぶら》は瞳《ひとみ》を供養《くやう》す、
こはこれ發相《はつさう》にしてまた直に印現、
譫妄《たんぼう》と調絃《てうげん》と兩《ふた》つを兼ねた宇宙の體得者、
狂氣の如き反映にからむ無礙《むげ》の帝王。

わが眼《め》——碧色の血の凝《こゞ》りは瞳を燃す、
雪と焰《ほのほ》の大沼《おほぬま》に自《みづか》ら溺れ且《か》つ照らす青蓮華《しやうれんげ》、
わが耳は沙漠の海に宿《やど》る車渠《しやこ》の滿開、
星の渦《うづ》、硫黄《ゆわう》の谿《たに》にかくれた酒の泉。

わが皮膚《ひふ》は苦行《くぎやう》の道場《だうぢやう》、閨房《けいばう》の絨氈《じゆうせん》、

冷《ひや》やかな石に地熱を吸う獅子の恍惚《くわうこつ》、
われはわが頭《かしら》に本《もと》より生《うま》れぬ言語を育《はぐく》み、
われはまたわが心に本《もと》より死《し》なぬ赤子《あかご》を悲み嘆く。

われはこれ栴檀《せんだん》の林、虚空《こくう》の襞《ひだ》の大浪《おほなみ》、
高山《かうざん》の車輪の一列、一切の變装者《へんさうしや》、
隙《ひま》もなく魂《たましひ》を食《は》み盡すが故に無上の法樂《ほふらく》、——
わが密嚴詩《みつごんし》、そこに同時を貪《むさぼ》る刹那を聽く。

出現

濛々《もうく》とたちのぼる紺青《こんじやう》の煙《けむり》が、
速《すみや》かに廻轉する眞紅《しんく》の焔を捲《ま》きしめる、
熱《ねつ》し、憤《いきどほ》つて、それでもまだ靜かな白金《はくきん》の星から、
瑠璃《るり》いろの電光《でんくわう》が大屈折を描く。

無數の豹《へう》の雲と雲とが滿天に犇《ひしめ》き合つて、
血の氣《け》を失つた火山が戰《おのゝ》き、よろめき、
沈みもやらぬ落日《らくじつ》が皮肉なる裸形《らぎやう》に蹲《うづくま》り、
金《きん》と青《あを》との鸚哥《いんこ》が地に伏してせせら笑ふ。

更にまた橄欖《かんらん》と膽礬《たんぼん》との熔岩がなだれ落ち、
眞紅の焔《ほのほ》が結晶しては溶解し、そして、
廣大な青蓮華《しやうれんげ》が一切を包むそのひまを、
緑と眞珠の海が出現の歌を受胎《じゆたい》する。

［解説］「智慧の相者」は何を見たか

郷原　宏

　蒲原有明は、私たち現代人にとって、けっして親しみやすい詩人ではない。ふりがながなければ読めない漢字や古めかしい雅語、七五調に慣れた日本人の耳には馴染みにくい音数律などが私たちを拒んで近づけさせない。たとえ言葉の意味は理解できたとしても、それがなぜそこに置かれているか、なぜその言葉でなければならなかったのかと考えはじめると、私たちはいつも途方に暮れてしまう。

　にもかかわらず、あるいはむしろそれゆえに、私たちは長らくこの詩人に強く惹かれるものを感じてきた。この詩人のいくつかの作品のなかに、同時代の他の詩人にはない確かな詩の手ざわりのようなものを感じてきた。それはなぜなのか。もしその謎を解くことができれば、私たちはこの詩人を、そして日本の近代詩を、もう少し身近なものに感じられるはずである。

　いま、私たちの眼前に立っている蒲原有明とは、たとえば「智慧の相者は我を見て」という作品のことである。

　智慧《ちゑ》の相者《さうじや》は我を見て今日《けふ》し語《かた》らく、
　汝《な》が眉目《まみ》ぞこは兆悪《さがあ》しく日曇《ひなぐも》る、

心弱くも人を戀ふおもひの空の
雲、疾風《はやち》、襲《おそ》はぬさきに遁《のが》れよと。

噫《ああ》遁《のが》れよと、嫋《たを》やげる君がほとりを、
綠牧《みどりまき》、草野《くさの》の原のうねりより
なほ柔かき黑髮の綰《わがね》の波を、——
こを如何《いか》に君は聞き判きたまふらむ。

眼をし閉《とづ》れば打續く沙《いさご》のはてを
黃昏《たそがれ》に頸垂《うなだ》れてゆくもののかげ、
飢ゑてさまよふ獸《けもの》かととがめたまはめ、

その影ぞ君を遁れてゆける身の
乾ける旅に一色《ひといろ》の物憂き姿、——
よしさらば、香《にほひ》の渦輪《うづわ》、彩《あや》の嵐に。

近代詩の研究者たちがこぞって蒲原有明の、そして日本象徴詩の代表作として挙げるこのペトラルカ風の十四行詩は、有明の第四詩集『有明集』（明治四十一年）の巻頭に置かれている。初出は『文章世界』の第二巻第七号（明治四十年）で、のちに『有明詩集』（大正十一年）、『改訂有明詩集』（同十四年）、『有明詩抄』（昭和三年）などに収録され、そのつど少しずつ改訂（というよりむしろ改悪）されている。

ご覧のように、この詩は四・四・三・三行のソネット形式を模しており、アクティヴ（前半の八行）とセステット（後半の六行）の規則もきちんと守られているが、脚韻は踏まれておらず、内容的にはむしろ漢詩の起承転結に近い構成になっている。有明はおそらく完璧なソネットを目ざしたに違いないが、膠着語としての日本語の制約に阻まれて、やむなく漢詩風の仕立てにせざるをえなかったのだと考えられる。

このことは、有明の詩的技量の限界というよりはむしろ、その言語感覚の確かさを示しているといえる。もし有明が凡庸な詩人であれば、彼はおそらく後年の「マチネ・ポエティク」の詩人たちのように、形式だけで中身のない空疎なソネットを書いたに違いない。彼がフランスの象徴詩を上田敏訳の日本語でしか読めなかったのは、ある意味では幸運だったといえるかもしれない。

とはいえ、こんなことをいくら仔細に論じてみても、有明の詩について何かをいったことにはならない。有明の詩は、あらゆる詮索を超えたところで、さながら懸崖に咲く白百合のように気高く咲き匂っており、私たちがそれを手に入れるためには、まずはこの懸崖を素手でよじ登るところから始めなければならない。詩には読者の数ほどの読み方があるといっていいが、私の個人的な読み方によれば、ここではおよそ次のようなことが語られている。

私はいつしか切ない恋に身を焦がすようになった。ところが今日、「智慧の相者」が私を見て、こう警告したのだ。おまえの顔には不吉な兆しがあらわれている。おまえは身の破滅を招くまえに　その恋から遁れなければならない。ああ、美しくもあえかなきみを、草原のうねりよりも柔らかなきみの黒髪を、あっさり捨ててしまえというのだ。この警告を聞いて、きみはいったいどう思うだろうか。いま眼を閉じると、はてしない夕暮れの砂漠をうなだれて行くものの影が見える。どうかあれを飢えてさまよう獣だなどとは思わないでほしい。その姿こそ、きみと別れたあとの私の姿にほかならないのだ。それならいっそ、身も心もこの恋にゆだねよう。この官能のるつぼのなかに——。

「智慧の相者」という不思議なインパクトをもった言葉は、どうやら有明の造語らしい。有明が観相や八卦に興味を持っていたことは、彼の処女作ともいうべき短篇小説『南蛮鉄』に、「他《ひと》の占問《うらどひ》にそらしかねし詞《ことば》に」云々という一節があることからも明らかで、「相者」がそうした占い師を意味しているのは確かなのだが、では「智慧の相者」とはいったい何者なのか。

国文学の研究者のなかには、これを「知恵のある相者」、すなわちこの恋のゆくえを客観的に判断しうる神の如き占術者と解する人が多いようだが、私はむしろ「知恵という名の相者」、すなわち詩人の内にあって感情の奔騰を制御する自意識のことだと考えたい。それを理性と呼んでも、あるいは常識といいかえてもいい。もしそうだとすれば、有明がここで語っているのは、じつにありふれた事柄である。自分はいま破滅的な恋に身を持ち崩そうとしているが、それでもいっこうにかまわない。自分には恋のない人生は考えられないのだと。

これは十五年ほど前に北村透谷が「厭世詩家と女性」で唱えた恋愛至上主義とまったく同じものであり、十年ほど前に島崎藤村が『若菜集』で謳いあげた恋愛讃歌とほぼ同質のものである。つまり有明はここで新しいことは何もいっていない。にもかかわらず、この詩が透谷や藤村にくらべて決定的に新しいのは、それが新しい時代のことばと詩法で語られているからにほかならない。
たとえば透谷は「智慧の相者」とは書かなかったはずである。もし書くとすれば「智慧ある相者」あるいは「智慧なる相者」と書いたに違いない。こうした同格の「の」使い方は、当時隆盛をきわめた翻訳詩のエクリチュールを抜きにしては考えられない。また藤村はおそらく「香の渦輪、彩の嵐に」のようにメタファーを畳みかける詩法を知らなかった。そこには当然、上田敏訳によるフランス象徴詩が影を落としていた。さらに「打續く沙のはてを／黄昏に頸垂れてゆくもののかげ」という形象は、この詩人が愛してやまなかった青木繁の暗鬱な絵を想起させずにはおかない。

そして何よりもまず、この詩はロセッティの詩「Lilith」から形式やテーマ以上のものを借りている。与謝野晶子の「ロセッチの詩にのみなれし若き叔母にかたれとせむる舌切雀」、山川登美子の「髪ながき少女と生れしら百合に額はふせつゝ君をこそおもへ」に象徴されるように、当時、『明星』の周辺には「ロセッティ趣味」ともいうべき抒情があふれていた。有明もまた「ロセッチの詩にのみなれ」て他を顧みることのない文学青年のひとりだったのである。

それを裏書きするように、有明は第三詩集『春鳥集』（明治三十八年）の自序で、こう書いている。一部にふりがなと送りがなを補って引く。

《詩形の研究は或は世の非議を免かれざらむ。既に自然及人生に対する感触結思に於て曩日《のうじつ》と異るものあらば、そが表現の新なる方式を要するは必然の勢なるべし。夏漸く近づきて春衣を棄てむとするなり。然るに旧慣はやくわが胸中にありて、この新に就かむとするを厭へり。革新の一面に急激の流れあるは、この染心を絶たむとする努力の遽《にわか》に外に逸れて出でたるなる。かの音節、格調、措辞、造語の新意に適《かな》はむことを求むると共に、邦語の制約を寛《ゆる》うして、近代の幽致を寓せ易からしめむとするは、詢《まこと》に已み難きに出づ。これあるが為に晦渋の譏《そしり》を受くるは素よりわが甘んずるところなり》

このときすでに『草わかば』(明治三十五年)、『獨絃哀歌』(明治三十六年)の二詩集によって詩壇の注目を集めていた有明は、誰よりも早く新しい詩の「方式」を発明してみせる必要があった。そうしなければ、百家争鳴ともいうべきこの近代詩の簇生期を勝ち残ることができなかった。

しかし、もともと『若菜集』を読んで詩にめざめた有明にとって、藤村の詩を乗り越えるのは容易なことではなかった。「旧慣ははやくわが胸中にありて、この新に就かむとするを厭へり」というのは、つまりそういうことである。しかも、まったく新しい「詩形」ともいうべき散文詩や無韻詩は、すでに岩野泡鳴ら同年代の詩人たちによって試みられていた。有明はそれを「多くは散漫なる美文に過ぎず」といって無視しようとしたが、方法的に先行されていたことは否めない。そうなると、彼に残された道は「胸中の旧慣」のなかに西洋詩の音節や格調を取り入れて「近代の幽致を寓せ易からしめむとする」以外になかったのだといえる。

近代文学史の通説によれば、初期浪漫主義から後期浪漫主義への移行は、日清戦争から日露戦争にいたる日本資本主義の発展を反映したものである。すなわち日清戦争の勝利によって資本主義機構が整備されたのにともなって個人主義や自由主義が起こり、残存する封建思想への反撥が芽生えた。これがすなわち日本型浪漫主義のはじまりである。

こうして生まれた初期浪漫主義者たちは、一方では急速に発展する資本主義経済の恩恵に浴しながら、他方ではそこから生じる社会的不平等や不合理に対して糾弾の声をあげた。しかし、結局はその圧力に抗しきれず、現実に背を向けて観念の内に閉じこもり、「生の芸術化」をめざすようになった。彼らの自我の彷徨は、やがて宗教的、神秘的なものと結びついて、神秘主義や象徴主義の文学が生まれた。さらに日露戦争が彼らに思想的基盤の脆弱さを自覚させ、その反省意識が自然主義や社会主義の思想を生み出した。

こうした素朴反映論は、文学史の流れを通観するには便利だが、個々の詩人の詩と思想の成立については何事も語りえないという限界をもっている。有明に即していえば、彼がそうした社会的、思想的な激動期を生きたのは確かだとしても、では彼はなぜ「智慧の相者は我を見て」を書いたかという問いは手つかずのまま残される。その問いに答えるためには、迂遠なようでも彼の個人史をたどってみるしかなさそうである。「作者は死んだ」とロラン・バルトはいったけれど、死んだ作者が二度死ぬことはないだろう。

蒲原有明は明治九年（一八七六）、東京市麹町区（現在の千代田区）隼町で生まれた。本名の隼雄はこの町名に因む。随筆『飛雲抄』によれば、生家はもともと小さな御家人の住んでいた崖下の家で、周囲は樫の木に取り囲まれていた。

父忠蔵は佐賀の人で、もとは百姓だったが、幕末に蒲原という武家の株を買って士族になった。明治元年（一八六七）、大木喬任に随行して出府、はじめ工部省に出仕し、のちに司法省と文部省の書記官をつとめた。俳句や茶道をよくする才人だったというが、要するに時代の波にうまく乗り合わせた小さな成功者のひとりだったといえよう。有明が生涯生活に困らなかったのは、この父の遺産を相続したからである。

しかし、家庭的には不遇だった。八歳のとき生母が離別されて生き別れになり、四年後に継母を迎えたが、父はめったに家に帰らなかった。有明はこの継母が連れてきた親戚の娘と「獣性の俘《とりこ》となつて惹かれゆくままに」結ばれ、その数年後には同居していた年上の女性と「情交」を重ねたと告白している。最初の相手が尼になった直後に死んでいることから考えて、この異性関係は決して明るいものではなかったはずである。

十一歳のとき、発疹治療のために、医者の未亡人が経営する塩湯治場に預けられた有明は、カトリック信者のこの夫人から深い宗教的感化を受け、聖書や讃美歌に親しんだ。以来「霊肉の一致」が彼の生涯にわたる思想的課題となり、聖書や讃美歌の律調が彼の詩の音数律に決定的な影響を及ぼした。

詩を書きはじめたのは、明治二十七年（一八九四）、一高の受験に失敗して神田錦町の国民英学会に入学し、同窓の小林存、林田春潮らと同人誌『落穂双紙』を創刊したころで、有明は当時十八歳だった。

明治三十一年（一八九八）には短篇小説『大慈悲』が読売新聞の懸賞に一等入選し、選者尾崎紅葉の口利きで同紙に詩や紀行文を書くようになった。また、この年初めて島崎藤村を表敬訪問し、藤村の紹介で柳田國男、田山花袋らを知り、やがて自然主義者が集まる竜土会の中心メンバーになった。その有明がのちに早稲田派の自然主義詩人たちから「現実とは関はりなきもの」として総攻撃されたのは、明治文学史の皮肉といわなければならない。

その一方で、有明は与謝野鉄幹に招かれて新詩社の客員同人となり、明治三十四年（一九〇一）に

『明星』に発表した小詩集「獨絃哀歌」で詩壇の注目を集め、ほぼ同時に登場した薄田泣菫とともに、明治三十年代後半の詩壇を牽引することになった。しかし、明治四十年代に入ると、後進の自然主義、社会主義系の詩人たちからの批判が強まったため、当時はまだ草深い田舎だった東中野に隠棲して詩壇との交流を断った。藤村の小説『新生』の冒頭に出てくる「中野の友人」とは、この若き隠遁者にほかならない。

こうした目まぐるしい詩的潮流の変遷を、有明より十一歳年下の石川啄木の生涯に仮託してみることができる。啄木は盛岡中学二年生のころ、泣菫や有明の活躍に刺激されて詩を書きはじめ、明治三十八年（一九〇五）、十九歳のときに処女詩集『あこがれ』を出版した。それは泣菫や有明の猿まねにひとしい未熟な詩集だったが、『明星』の周辺ではけっこう評判が高く、啄木はみずから「天才詩人」と称した。

しかし、その後、「石をもて追はるるごとく」ふるさとの渋民村を出て北海道各地を転々とするうちに「現実」にめざめ、三度目に上京して闘病と貧苦に喘いでいた明治四十二年（一九〇九）に、それまでの詩を全否定する評論「弓町より（喰うべき詩）」を書いた。

啄木はそこで自分の作品を含む『明星』派の詩歌を「我々の生活に有っても無くても何の増減もない無用の長物」と切り捨てたうえで、こう宣言した。

《私は詩人という特殊なる人間の存在を否定する。詩を書く人を他の人が詩人と呼ぶのは差支えないが、其当人が自分は詩人であると思っては可《い》けない。（中略）そう思うことによって其人の書く詩は堕落する。（中略）詩人たる資格は三つある。詩人は先第一《まず》に「人」でなければならぬ。第二に「人」で

なければならぬ。第三に「人」でなければならぬ》

こうして詩を捨てて「普通の人」になった啄木は、やがて「はたらけど／はたらけど猶わが生活《くらし》楽にならざり／ぢつと手を見る」というような生活短歌におもむき、やがて大逆事件に遭遇して社会主義に傾倒することになる。

有明にとって、この「喰うべき詩」論は、早稲田派の批判以上に身に応えたに違いない。早稲田派の批判には、後進の詩人たちによる偶像破壊的な意味合いがあり、有明はそれを一種の世代間ギャップとして軽く受け止めることもできたはずだが、啄木の批判はいわば命がけの全否定だったから、もともと「無用の長物」を自認していた有明には、それを遁れるすべがなかったのである。

それはともかく、啄木の二十六年という短かすぎる生涯には、新体詩から象徴詩に至る黎明期の近代詩史が、そして同じことだが、有明自身の方法的摸索の歴史が集約されている。すなわち有明もまた、初期浪漫派の自己解放の夢に憑かれて詩的な出発をとげ、一時は藤村調の五七定型詩のなかに青春の憂悶を封じ込めることに成功したのだが、やがて詩自体のうちに孕まれる観念の自同律に促されて「生の芸術化」を図ろうとしたが果たせず、さりとて啄木のように「普通の人」にもなれなかったので、みずから詩筆を折って隠棲し、以後は旧作の改訂に長すぎる余生を費やすことになったのである。

この場合に注意すべきは、藤村にあっては甘やかな非現実の夢として成立していた恋愛が、有明にあってはすでに破綻した「情交」として現前していたこと、さらに藤村や啄木が詩の対極に「生活」を意識せざるをえなかったのに対して、有明には最初から「喰らうべき詩」がなかったという事情である。つまり、有明は出発当初から詩を何よりもことばの問題としてとらえるように宿命づけられていたので、青春という名のアモルフな表現衝動が減衰するにつれて、その詩がますます技巧的洗練におもむいたのは、いわば必然のなりゆきだったといえる。

先に見た『春鳥集』の自序は、次のようにつづく。

《視聴等の諸官能は常に鮮かならざるべからず。生意を保たざるべからず。然らずば胸臆沈滞して、補綴の外、踏襲の外、あるは激励呼号の外、遂に文学なからむとす。／「自然」を識るは「我」を識るなり。譬へば「自然」は豹の斑にして、「我」は豹の瞳子《ひとみ》の如きか。「自然」は死豹の皮にあらざれば徒に讌席《えんせき》に敷き難く、「我」はまた冷然たる他が眼にあらざれば決して空漠の見を容れず。「我」に生き「自然」に輝きて、一箇の霊豹は詩天の苑に入らむとすらむ》

文体だけはものものしいが、ここでいわれていることは、じつは大したことではない。意味があるのは「視聴等の諸官能は常に鮮かならざるべからず」という最初の一節だけで、あとは意味のない呪文にすぎない。生真面目な研究者たちが《「自然」は豹の斑《ふ》にして、「我」は豹の瞳子の如きか》というあやしげな比喩に惑わされてランボーの「見者」を持ち出してきたりするのは、まったくご苦労なことだというほかはない。

そもそも「我」が「豹の瞳子」であれば、「自然」は「豹の斑」ではなく、「豹」そのものでなければならない。おそらく有明がその典拠としたに違いないボードレールのコレスポンダンス（照応）論によれば、「我」は「自然」から自立して初めて自然と交感することができる。そしてその交感が成立して初めて「霊豹は詩天の苑に入」ることができるはずだからである。

こうして見てくれれば分かるように、日本の象徴主義宣言として知られるこの文章は、詩論としてはほとんど何事も語っていない。彼はただ、詩を書くには新鮮な官能が必要で、それが失われると、われわれの詩は旧詩の補綴や踏襲、激励呼号に堕してしまうという、ごく当然のことをいっているだけである。ちなみにこの「激励呼号」が社会主義者のプロパガンダ詩を揶揄していることはいうまでもない。

しかし、逆言すれば、この文章はいかなる詩論も思想も提出しえていないことによって、じつはすぐれて先駆的な象徴主義宣言たりえているといえなくもない。私見によれば、日本の象徴主義は、資本主義の急激な発展にともなう自我の拡散状況のなかで、浪漫派の詩人たちが「何を書くべきか」という目的を見失い、「いかに書くべきか」という方向に眼を転じたときに成立した。そしてそのとき彼らの転位を駆動したのは、たとえば「緑牧、草野の原のうねりより／なほ柔かき黒髪の綰の波」という一節に象徴される斬新な隠喩の発見だった。

野沢啓の『言語隠喩論』（未來社、二〇二一年）によれば、隠喩はたんなる詩の技法ではなく、言語の発生と起源を同じくする詩の本質にほかならない。いま、そのことを忘れずにいえば、彼らにおける隠喩の発見は、とりもなおさず新しい詩のエクリチュールの発見にほかならなかった。だからこそ、有明は明治の新体詩の大成者であると同時に、現代に通じる日本近代詩の確立者でもありえたのだといえる。

とすれば、「智慧の相者」が見ていたのは、たんに苦しい恋に悶える男の凶相だけではなかったことになる。

〔著者略歴〕

蒲原有明（かんばら・ありあけ）

1876年、東京麹町（現、千代田区）に生まれる。～1977年、死去。

國民英學會文學科卒。明治末期から象徴派の詩人として活躍し、若くして薄田泣菫とともに日本近代詩の中心的存在であったが、自然主義台頭とともにその作風が歪んだかたちで批判され、次第に沈黙するにいたった。最近は二十世紀日本近代詩のなかでもきわめて重要な詩人としてとみに再評価の機運にある。

1902年、第一詩集『草わかば』刊行。

1903年、第二詩集『獨絃哀歌』刊行。

1905年、第三詩集『春鳥集』刊行。

1908年、第四詩集『有明集』刊行。

1922年、既刊詩集に未刊行詩篇を加えた『有明詩集』刊行。

1928年、岩波文庫に自選の『有明詩抄』を刊行。

[転換期を読む 28]
蒲原有明詩抄

2021年10月10日　初版第一刷発行

本体2500円＋税――――定価

蒲原有明――著者

西谷能英――――発行者

株式会社　未來社――――発行所

東京都世田谷区船橋1－18－9
振替00170-3-87385
電話(03)6432-6281
http://www.miraisha.co.jp/
Email:info@miraisha.co.jp

萩原印刷――――印刷・製本

ISBN 978-4-624-93448-4 C0392

未紹介の名著や読み直される古典を、ハンディな判で

［消費税別］

シリーズ❖転換期を読む

1 望みのときに
モーリス・ブランショ著◉谷口博史訳◉一八〇〇円

2 ストイックなコメディアンたち――フローベール、ジョイス、ベケット
ヒュー・ケナー著◉富山英俊訳／高山宏解説◉一九〇〇円

6 ［新版］魯迅
竹内好著◉鵜飼哲解説◉二〇〇〇円

7 幻視のなかの政治
埴谷雄高著◉高橋順一解説◉二四〇〇円

9 ［新版］澱河歌の周辺
安東次男著◉粟津則雄解説◉二八〇〇円

14 南欧怪談三題
ランペドゥーザ、A・フランス、メリメ著◉西本晃二編訳・解説◉一八〇〇円

18 ことばへの凝視――粟津則雄対談集
粟津則雄◉三浦雅士解説◉二四〇〇円

19　宿命
萩原朔太郎著◉粟津則雄解説◉一二〇〇円

22　向井豊昭傑作集　飛ぶくしゃみ
向井豊昭著◉岡和田晃編・解説◉二二〇〇円

26　エマソン詩選
ラルフ・ウォルドー・エマソン著◉小田敦子・武田雅子・野田明・藤田佳子訳◉二四〇〇円

本書の関連書

［消費税別］

＊『増補・詩の発生【新装版】』
西郷信綱著◉三八〇〇円＋税

＊『日本詞華集』
西郷信綱・廣末保・安東次男編◉六八〇〇円＋税

＊『詩人の妻――高村智恵子ノート』
郷原宏著◉二八〇〇円＋税

＊『岸辺のない海　石原吉郎ノート』
郷原宏著◉二八〇〇円＋税

＊『言語隠喩論』
野沢啓著◉二八〇〇円＋税